Neil Gaiman

Coraline

Gefangen hinter dem Spiegel

Neil Gaiman

Coraline

Gefangen hinter dem Spiegel

Aus dem amerikanischen Englisch
von Cornelia Krutz-Arnold

Arena

Für Holly habe ich damit angefangen
und es für Maddy beendet

1. Auflage 2003

Einband: Ludvik Glazer-Naudé
Gesamtherstellung: Westermann Druck Zwickau GmbH
ISBN 3-401-05554-2

Märchen sind mehr als nur wahr –
nicht deshalb, weil sie uns sagen,
dass es Drachen gibt,
sondern weil sie uns sagen,
dass man Drachen besiegen kann.

G. K. Chesterton

1.

Kurz nach dem Umzug entdeckte Coraline in dem Haus, in das sie gezogen waren, die Tür.

Das Haus war schon sehr alt. Unter dem Dach hatte es eine Mansarde und tief unten im Boden einen Keller und es gehörte ein überwucherter Garten mit riesigen alten Bäumen dazu.

Coralines Familie besaß nicht das ganze Haus – dafür war es zu groß. Ihnen gehörte nur ein Teil davon.

Es gab noch andere Leute, die in dem alten Haus wohnten.

In der Wohnung unter Coraline, im Erdgeschoss, wohnten Miss Spink und Miss Forcible. Beide waren alt und rund und sie lebten in ihrer Wohnung mit einer ganzen Reihe von alternden weißen Terriern, die Namen wie Hamish und Andrew und Jock hatten. Früher einmal waren Miss Spink und Miss Forcible Schauspielerinnen gewesen, wie Miss Spink Coraline gleich bei ihrer ersten Begegnung erzählt hatte.

»Du musst nämlich wissen, Caroline«, sagte Miss Spink und brachte Coralines Namen durcheinander,

»sowohl ich als auch Miss Forcible waren zu unserer Zeit berühmte Schauspielerinnen. Wir standen auf den Brettern, die die Welt bedeuten, Herzchen. Ach, gib Hamish nichts von dem englischen Kuchen, sonst kriegt er wieder Bauchschmerzen und kann die ganze Nacht lang nicht schlafen.«

»Ich heiße Coraline. Nicht Caroline. Coraline«, sagte Coraline.

In der Wohnung über der von Coraline, unterm Dach, wohnte ein verrückter alter Herr mit einem großen Schnurrbart. Er erzählte Coraline, dass er einen Mäusezirkus trainierte. Den durfte aber niemand sehen.

»Eines Tages, kleine Caroline, wenn sie alle so weit sind, wird jeder auf der Welt die Wunder meines Mäusezirkus sehen. Du willst wissen, warum du ihn jetzt noch nicht sehen kannst. Darum hattest du mich doch gebeten?«

»Nein«, sagte Coraline leise. »Ich hatte Sie gebeten mich nicht Caroline zu nennen. Ich heiße Coraline.«

»Es gibt einen Grund dafür, dass du den Mäusezirkus jetzt noch nicht sehen kannst«, sagte der Herr von oben. »Die Mäuse sind noch nicht so weit, haben ihre Kunststücke noch nicht eingeübt. Außerdem weigern sie sich die Lieder zu spielen, die ich für sie geschrieben habe. Die Lieder, die ich den Mäusen geschrieben habe, gehen alle *humba-wumba*. Aber die weißen Mäuse spielen immer nur *didel-düdel*, so was in der Art. Ich hab mir schon überlegt, ob ich es mal mit anderen Käsesorten probieren soll.«

Coraline glaubte nicht daran, dass es wirklich einen Mäusezirkus gab. Bestimmt hatte sich der alte Mann das alles nur ausgedacht.

Als sie eingezogen waren, ging Coraline gleich am nächsten Tag auf Entdeckungsreise.

Sie machte einen Erkundungsgang durch den Garten. Der Garten war groß – ganz hinten war ein alter Tennisplatz, aber niemand im Haus spielte Tennis, der Zaun um ihn herum hatte Löcher und das Netz war so verrottet, dass der größte Teil davon fehlte. Es gab einen alten Rosengarten mit kümmerlichen, verlausten Rosensträuchern; einen Steingarten, der nur aus Steinen bestand, und einen Feenring aus matschigen braunen Pilzen, die einen entsetzlichen Gestank verbreiteten, wenn man versehentlich drauftrat.

Außerdem gab es noch einen Brunnen. Miss Spink und Miss Forcible war es sehr wichtig gewesen, Coraline bei ihrem Einzug gleich am ersten Tag darauf hinzuweisen, wie gefährlich der Brunnen war, und sie ermahnten sie eindringlich, sich von ihm fern zu halten. Also zog Coraline los, um ihn zu erkunden, damit sie wusste, wo er war, und sich auch ordentlich von ihm fern halten konnte.

Am dritten Tag entdeckte sie ihn hinter einer Baumgruppe auf einer wild wuchernden Wiese neben dem

Tennisplatz – ein niedriger Kreis aus Backsteinen, der vom hohen Gras fast verborgen wurde. Der Brunnen war mit Brettern abgedeckt, damit niemand hineinfiel. Eins der Bretter hatte ein kleines Astloch und Coraline verbrachte einen ganzen Nachmittag damit, Kieselsteine und Eicheln durch das Loch zu werfen und zu warten und zu zählen, bis sie das *Plopp* hörte, mit dem die Sachen tief unten auf dem Wasser aufschlugen.

Außerdem ging Coraline auf Entdeckungsreise nach Tieren. Sie fand einen Igel und eine Schlangenhaut (aber keine Schlange) und einen Stein, der genau wie ein Frosch aussah, und eine Kröte, die genau wie ein Stein aussah.

Dann gab es noch einen hochmütigen schwarzen Kater, der auf Mauern und Baumstümpfen saß und sie nicht aus den Augen ließ, aber gleich davonhuschte, wenn sie zu ihm ging und mit ihm spielen wollte.

So brachte sie die ersten beiden Wochen im neuen Haus zu – mit der Erkundung von Garten und Gelände.

Ihre Mutter verlangte, dass sie zum Abendessen und auch zum Mittagessen ins Haus kam. Und Coraline musste sich warm einpacken, bevor sie hinausging. Der Sommer war in diesem Jahr nämlich sehr kalt. Aber sie ging hinaus und machte jeden Tag ihre Erkundungsgänge, bis es eines Tages regnete und sie im Haus bleiben musste.

»Was soll ich nur machen?«, fragte Coraline.

»Lies doch ein Buch«, sagte ihre Mutter. »Schau dir ein Video an. Spiel mit deinen Spielsachen. Geh zu Miss Spink oder Miss Forcible und fall ihnen auf die Nerven. Oder dem verrückten alten Herrn von oben.«

»Nein«, sagte Coraline. »Dazu hab ich keine Lust. Ich will auf Entdeckungsreise gehen.«

»Mir ist es eigentlich ganz egal, was du machst«, sagte Coralines Mutter, »solange du kein Durcheinander anrichtest.«

Coraline trat ans Fenster und sah zu, wie der Regen herunterprasselte. Das war nicht so ein Regen, bei dem man ins Freie gehen konnte – es war die andere Art Regen, so ein Regen, der sich vom Himmel herabstürzte und mit lautem Platschen aufspritzte, wenn er auf dem Boden landete. Es war ein Regen, der seine Aufgabe ernst nahm, und zur Zeit bestand seine Aufgabe darin, den Garten in eine nasse, matschige Suppe zu verwandeln.

Inzwischen hatte Coraline sämtliche Videos angeguckt. Ihre Spielsachen waren langweilig und ihre Bücher hatte sie alle schon ausgelesen.

Sie machte den Fernseher an und schaltete von einem Programm zum anderen, aber auf allen Sendern kamen nur Talkshows oder Männer in Anzügen, die über die Börsenkurse redeten. Schließlich fand sie dann doch etwas Sehenswertes: die letzte Hälfte einer Natursendung über etwas, das Tarnfarbe hieß. Coraline sah alle möglichen Tiere, Vögel und Insekten, die sich als Blätter,

Zweige oder andere Tiere tarnten, um denen zu entkommen, die ihnen Schaden zufügen konnten. Das gefiel ihr, aber die Sendung war nur allzu bald vorbei und danach kam etwas über eine Kuchenfabrik.

Es wurde Zeit, dass sie mit ihrem Vater sprach.

Coralines Vater war zu Hause. Ihre Eltern waren beide berufstätig. Sie machten irgendwas am Computer, was bedeutete, dass sie viel zu Hause waren. Beide hatten ein eigenes Arbeitszimmer.

Ohne sich umzudrehen, sagte er: »Hallo, Coraline«, als sie hereinkam.

»Hmpf«, sagte Coraline. »Es regnet.«

»Ja«, sagte ihr Vater. »Es gießt in Strömen.«

»Nein«, sagte Coraline. »Es regnet einfach nur. Kann ich nach draußen?«

»Was sagt deine Mutter dazu?«

»Sie sagt: Bei so einem Wetter gehst du mir nicht vor die Tür, Coraline Jones.«

»Dann nicht.«

»Aber ich möchte mit meinen Erkundungsgängen weitermachen.«

»Dann erkunde doch die Wohnung«, schlug ihr Vater vor. »Schau her – hier sind ein Blatt Papier und ein Stift. Zähl sämtliche Türen und Fenster. Leg eine Liste von allem an, was blau ist. Unternimm eine Expedition, um den Heißwassertank zu entdecken. Und lass mich in Ruhe arbeiten.«

»Darf ich in die gute Stube?«

Die gute Stube war das Zimmer, in dem die Familie Jones die teuren (und unbequemen) Möbel verwahrte, die ihnen Coralines Großmutter vermacht hatte, als sie starb. Coraline durfte dort nicht hinein. Niemand betrat die gute Stube. Sie war nur für besondere Anlässe da.

»Wenn du kein Durcheinander machst. Und nichts anfasst.«

Coraline dachte gründlich darüber nach, dann nahm sie Papier und Stift und machte sich daran, die Wohnung zu erkunden.

Sie entdeckte den Heißwassertank (er war in einem Schrank in der Küche).

Sie zählte alles, was blau war (153).

Sie zählte die Fenster (21).

Sie zählte die Türen (14).

Von den Türen, die sie fand, gingen dreizehn auf und zu. Die andere – eine große, mit Schnitzereien verzierte braune Holztür in der hintersten Ecke der guten Stube – war abgeschlossen.

Sie fragte ihre Mutter: »Wohin führt diese Tür?«

»Nirgendwohin, mein Schatz.«

»Sie muss doch irgendwohin führen.«

Ihre Mutter schüttelte den Kopf. »Schau her«, sagte sie zu Coraline.

Sie langte hoch und holte oben vom Rahmen der Küchentür einen Schlüsselbund. Sorgfältig ging sie die

Schlüssel durch und wählte den ältesten, größten schwärzesten und rostigsten aus. Sie gingen in die gute Stube. Dort schloss sie mit dem Schlüssel die Tür auf.

Jetzt ließ sich die Tür öffnen.

Ihre Mutter hatte Recht. Die Tür führte nirgends hin. Dahinter war eine Wand aus Backsteinen.

»Als das Haus noch von einer einzigen Familie bewohnt wurde«, sagte Coralines Mutter, »führte die Tür irgendwohin. Dann wurde das Haus in Wohnungen unterteilt und da hat man sie einfach zugemauert. Dahinter liegt die leere Wohnung auf der anderen Hausseite. Die Wohnung, die noch zu verkaufen ist.«

Sie machte die Tür wieder zu und legte den Schlüsselbund oben auf den Rahmen der Küchentür zurück.

»Du hast nicht abgeschlossen«, sagte Coraline.

Ihre Mutter zuckte mit den Schultern. »Wozu auch?«, fragte sie. »Sie führt ja nirgends hin.«

Coraline sagte nichts dazu.

Draußen war es jetzt schon fast dunkel und es regnete immer noch. Der Regen prasselte an die Fensterscheiben und ließ das Scheinwerferlicht der Autos draußen auf der Straße verschwimmen.

Coralines Vater hörte auf zu arbeiten und bereitete für sie alle das Abendessen zu.

»Daddy«, sagte Coraline voller Abscheu, »du hast ja schon wieder ein *Rezept* gemacht.«

»Es ist ein Lauch-und-Kartoffel-Auflauf, garniert mit Estragon und geschmolzenem Gruyèrekäse«, gab er zu.

Coraline seufzte. Dann ging sie zur Tiefkühltruhe und holte Pommes frites für die Mikrowelle und eine Mikrowellen-Minipizza heraus.

»Du weißt doch, dass ich keine Rezepte mag«, sagte sie zu ihrem Vater, während ihr Abendessen sich immer rundum drehte und die kleinen roten Zahlen an der Mikrowelle ihren Countdown bis zur Null machten.

»Vielleicht würde es dir schmecken, wenn du's mal probieren würdest«, sagte Coralines Vater, aber sie schüttelte den Kopf.

Später am Abend lag Coraline wach im Bett. Es hatte aufgehört zu regnen und sie war schon fast eingeschlafen, als etwas *t-t-t-t-t-t* machte. Sie setzte sich im Bett auf.

Etwas machte *krieeeeee . . .*

. . . kraaaax.

Coraline stieg aus dem Bett und schaute den Flur hinunter, konnte aber nichts Ungewöhnliches entdecken. Sie ging den Flur entlang. Aus dem Elternschlafzimmer drang leises Schnarchen – das war ihr Vater – und gelegentlich ein Gebrummel im Schlaf – das war ihre Mutter.

Coraline fragte sich schon, ob sie das alles nur geträumt hatte, was immer es auch gewesen sein mochte.

Etwas bewegte sich.

Es war kaum mehr als ein Schatten und es huschte

schnell durch den abgedunkelten Flur, wie ein kleines Fleckchen Nacht.

Sie konnte nur hoffen, dass es keine Spinne war. Spinnen lösten bei Coraline äußerstes Unbehagen aus.

Das schwarze Ding verschwand in der guten Stube. Etwas nervös ging Coraline ihm nach.

Der Raum lag im Dunkeln. Das einzige Licht kam vom Flur, und als Coraline in der Tür stand, warf sie einen gewaltigen, verzerrten Schatten auf den Teppich in der guten Stube – sie sah aus wie eine dürre Riesenfrau.

Während Coraline noch überlegte, ob sie Licht machen sollte oder nicht, sah sie das schwarze Ding langsam unter dem Sofa hervorkriechen. Es hielt inne und sauste dann lautlos über den Teppich in die hinterste Zimmerecke.

In dieser Ecke standen keine Möbel.

Coraline machte das Licht an.

In der Ecke war nichts. Nur die alte Tür, die zu der Backsteinmauer führte.

Coraline war sich ganz sicher, dass ihre Mutter die Tür zugemacht hatte, aber jetzt stand sie ein klein wenig offen. Nur einen Spalt. Sie ging hin und schaute hindurch. Es war nichts da – nur die Mauer aus roten Backsteinen.

Sie machte die alte Holztür zu, knipste das Licht aus und ging wieder ins Bett.

Coraline träumte von schwarzen Gestalten, die das Licht scheuten und hierhin und dorthin huschten, bis sie alle zusammen unter dem Mond versammelt waren. Kleine schwarze Gestalten mit kleinen roten Augen und spitzen gelben Zähnen.

Sie fingen an zu singen.

»Wir sind klein, doch sind wir viele.
Wir sind viele, wir sind klein.
Wir waren schon da, bevor du dich erhobst,
Und werden nach deinem Sturz noch hier sein.«

Ihre Stimmen waren hoch und raunend und ein leichtes Jaulen lag in ihnen. Sie lösten ein unbehagliches Gefühl in Coraline aus.

Dann träumte Coraline ein paar Werbespots und danach träumte sie überhaupt nichts mehr.

2.

Am nächsten Tag regnete es nicht mehr, aber ein dicker, weißer Nebel hatte sich über das Haus herabgesenkt.

»Ich mach einen Spaziergang«, sagte Coraline.

»Geh nicht zu weit«, sagte ihre Mutter. »Und pack dich warm ein.«

Coraline zog ihren blauen Mantel mit Kapuze an und ihre gelben Gummistiefel und sie band sich ihren roten Schal um.

Sie ging hinaus.

Miss Spink führte ihre Hunde aus. »Hallo, Caroline«, sagte Miss Spink. »So ein Mistwetter.«

»Ja«, sagte Coraline.

»Einmal habe ich die Portia gespielt«, sagte Miss Spink. »Miss Forcible redet dauernd von ihrer Ophelia, aber die Leute kamen herbeigeströmt, um meine Portia zu sehen. Als wir noch beim Theater waren.«

Miss Spink war so dick in Pullover und Jacken eingemummelt, dass sie noch kleiner und runder wirkte als sonst. Sie sah wie ein großes, flauschiges Ei aus. Die dicken Gläser der Brille, die sie trug, ließen ihre Augen riesengroß erscheinen.

»Sie haben mir Blumen in die Garderobe geschickt. Das haben sie wirklich gemacht«, sagte sie.

»Wer hat das gemacht?«, fragte Coraline.

Miss Spink sah sich vorsichtig um, schaute erst über die eine und dann über die andere Schulter und lugte in den Nebel, als könnte sie womöglich jemand belauschen.

»*Männer*«, flüsterte sie. Dann zog sie an der Leine, damit die Hunde bei Fuß liefen, und watschelte Richtung Haus davon.

Coraline setzte ihren Spaziergang fort.

Als sie das Haus zu drei Vierteln umrundet hatte, sah sie Miss Forcible an der Tür der Wohnung stehen, die sie zusammen mit Miss Spink bewohnte.

»Hast du Miss Spink gesehn, Caroline?«

Coraline sagte ihr, dass sie Miss Spink gesehen hatte und dass sie die Hunde ausführte.

»Hoffentlich verirrt sie sich nicht – wenn doch, kriegt sie wieder ihre Gürtelrose, du wirst schon sehen«, sagte Miss Forcible. »Man muss schon ein Entdecker sein, um sich in diesem Nebel zurechtzufinden.«

»Ich bin Entdeckerin auf Forschungsreise«, sagte Coraline.

»Aber natürlich, Herzchen«, sagte Miss Forcible. »Verirr dich nur nicht.«

Im grauen Nebel setzte Coraline ihren Weg durch die

Gärten fort. Nach ungefähr zehn Minuten landete sie wieder dort, wo sie aufgebrochen war.

Die Haare hingen ihr schlaff und nass in die Stirn und ihr Gesicht fühlte sich feucht an.

»Ahoi! Caroline!«, rief der verrückte alte Herr von oben.

»Ach, hallo«, sagte Coraline.

Durch den Nebel konnte sie den alten Mann kaum erkennen.

Er stieg die Treppe draußen am Haus hinunter, die an Coralines Eingangstür vorbei zu seiner Wohnungstür führte. Er stieg sie sehr langsam hinunter. Coraline wartete unten an der Treppe.

»Die Mäuse können den Nebel nicht leiden«, sagte er. »Davon kriegen sie ganz schlaffe Schnurrhaare.«

»Ich kann den Nebel auch nicht so besonders leiden«, gestand Coraline.

Der alte Herr beugte sich so tief zu ihr herunter, dass sein Schnurrbart sie am Ohr kitzelte. »Die Mäuse haben eine Nachricht für dich«, flüsterte er.

Darauf wusste Coraline nichts zu sagen.

»Die Nachricht lautet: *Geh nicht durch die Tür.*« Er legte eine Pause ein. »Sagt dir das was?«

»Nein«, sagte Coraline.

Der alte Mann zuckte mit den Schultern. »Sie sind komisch, diese Mäuse. Sie bringen alles Mögliche durcheinander. Stell dir vor, sie haben auch deinen Namen durcheinander gebracht. Sie haben dauernd Coraline gesagt. Nicht Caroline. Überhaupt nicht Caroline.«

Er hob eine Milchflasche auf, die unten an der Treppe stand, und machte sich wieder auf den Weg in seine Mansardenwohnung.

Coraline ging ins Haus. Ihre Mutter war in ihrem Arbeitszimmer zugange. Das Arbeitszimmer ihrer Mutter duftete nach Blumen.

»Was soll ich nur machen?«, fragte Coraline.

»Wann fängt die Schule wieder an?«, fragte ihre Mutter.

»Nächste Woche«, sagte Coraline.

»Hmpf«, machte ihre Mutter. »Da muss ich dir wohl für die Schule was Neues zum Anziehen kaufen. Erinnere mich doch bitte daran, Schätzchen, sonst vergesse ich's wieder.« Und sie fuhr fort, irgendwas auf den Computer-Bildschirm zu tippen.

»Was soll ich nur *machen?«*, wiederholte Coraline.

»Mal doch was.« Ihre Mutter reichte ihr ein Blatt Papier und einen Kugelschreiber.

Coraline versuchte den Nebel zu malen. Nach zehn Minuten Malen hatte sie immer noch ein weißes Blatt, auf dem in einer Ecke

in leicht geschlängelten Buchstaben stand. Sie gab ein Ächzen von sich und reichte das Blatt ihrer Mutter.

»Hm. Sehr modern, Schätzchen«, sagte Coralines Mutter.

Coraline schlich sich in die gute Stube und versuchte die alte Tür in der Ecke zu öffnen. Sie war verschlossen. Offenbar hatte ihre Mutter sie wieder abgesperrt. Coraline zuckte mit den Schultern.

Sie ging ihren Vater besuchen.

Er saß mit dem Rücken zur Tür und tippte. »Verschwinde«, sagte er fröhlich, als sie hereinkam.

»Mir ist langweilig«, sagte sie.

»Dann lern doch Stepptanz«, schlug er vor, ohne sich dabei umzudrehen.

Coraline schüttelte den Kopf. »Warum spielst du nicht mit mir?«, fragte sie.

»Zu viel zu tun«, sagte er. »Arbeit«, fügte er noch hinzu. Er hatte sich immer noch nicht umgedreht, um sie anzusehen. »Willst du nicht zu Miss Spink und Miss Forcible gehen und ihnen auf die Nerven fallen?«

Coraline zog ihren Mantel an, setzte die Kapuze auf und verließ das Haus. Sie ging die Treppe hinunter und klingelte an der Wohnungstür von Miss Spink und Miss Forcible. Wildes Gekläffe war zu hören, als die Terrier in den Flur hinausliefen. Nach einiger Zeit machte Miss Spink die Tür auf.

»Ach, du bist's, Caroline«, sagte sie. »Angus, Hamish,

Bruce – aus jetzt, ihr Süßen. Das ist doch nur Caroline. Komm herein, Liebes. Möchtest du einen Tee?«

Die Wohnung roch nach Möbelpolitur und Hunden.

»Ja, bitte«, sagte Coraline.

Miss Spink führte sie in ein staubiges, kleines Zimmer, das sie Salon nannte. An den Wänden hingen Schwarz-Weiß-Fotos von hübschen Frauen und gerahmte Theaterprogramme. Miss Forcible saß in einem Sessel und strickte eifrig.

Sie schenkten Coraline Tee in eine kleine rosa Porzellantasse mit Untertasse ein. Dazu gaben sie ihr einen trockenen Keks mit Rosinen.

Miss Forcible sah zu Miss Spink hinüber, nahm ihr Strickzeug auf und holte tief Atem. »Jedenfalls, wie gesagt, April: Du kannst nicht leugnen, dass ich noch lange nicht zum alten Eisen gehöre.«

»Miriam, meine Liebe, wir sind beide nicht mehr so taufrisch, wie wir mal waren.«

»Madame Arcati«, gab Miss Forcible zurück. »Die Amme in *Romeo und Julia*. Lady Bracknell. Charakterrollen. Von der Bühne kann man nicht in den Ruhestand geschickt werden.«

»Also, Miriam, wir waren uns doch *einig«*, sagte Miss Spink. Coraline begann sich zu fragen, ob die beiden ganz vergessen hatten, dass sie da war. Was sie redeten, ergab nicht viel Sinn. Sie kam zu dem Ergebnis, dass sie einen Streit ausfochten, der so alt und kuschelig wie ein bequemer Sessel war, so ein Streitgespräch, bei dem niemand richtig gewinnt oder verliert, das aber bis in alle Ewigkeit weitergehen kann, wenn beide Parteien dazu bereit sind.

Sie trank ihren Tee.

»Ich kann dir die Teeblätter lesen, wenn du möchtest«, sagte Miss Spink zu Coraline.

»Bitte?«, sagte Coraline.

»Die Teeblätter in der Tasse, Liebes. Ich kann dir daraus die Zukunft lesen.«

Coraline reichte Miss Spink ihre Tasse. Miss Spink betrachtete mit kurzsichtigem Blick die schwarzen Teeblätter unten in der Tasse. Sie spitzte die Lippen.

»Weißt du, Caroline«, sagte sie nach einer Weile, »du befindest dich in großer Gefahr.«

Miss Forcible stieß ein Schnauben aus und legte ihr Strickzeug nieder. »Sei nicht albern, April. Mach dem Mädchen keine Angst. Deine Augen haben nachgelassen. Gib mir doch mal die Tasse, Kind.«

Coraline brachte die Tasse zu Miss Forcible hinüber. Miss Forcible musterte sie gründlich, schüttelte den Kopf und musterte sie noch einmal.

»Ach du meine Güte«, sagte sie. »Du hattest Recht, April. Sie *ist* in Gefahr.«

»Da kannst du mal sehen, Miriam«, sagte Miss Spink triumphierend. »Meine Augen sind so gut wie eh und je . . .«

»In was für einer Gefahr bin ich denn?«, fragte Coraline.

Miss Spink und Miss Forcible sahen sie verständnislos an.

»Das war nicht zu erkennen«, sagte Miss Spink. »Für so was taugen Teeblätter auch nicht. Nicht zuverlässig. Sie sind gut für das Allgemeine, aber nicht für Einzelheiten.«

»Und was tu ich dagegen?«, fragte Coraline, die jetzt doch etwas beunruhigt war.

»Auf Holz klopfen«, schlug Miss Spink vor.

»Und nie in den Kulissen pfeifen«, fügte Miss Forcible noch hinzu.

Coraline konnte sich nur wundern, wieso von den Erwachsenen, die ihr bisher untergekommen waren, so wenige etwas sagten, was einen Sinn ergab. Manchmal fragte sie sich, ob sie überhaupt wussten, wen sie vor sich hatten.

»Und sei ganz, ganz vorsichtig«, sagte Miss Spink. Sie stand aus dem Sessel auf und trat an den Kamin. Auf dem Kaminsims stand ein kleines Einmachglas. Miss Spink nahm den Deckel ab und fischte verschiedene Gegenstände aus dem Glas: eine winzige Porzellanente, einen Fingerhut, eine seltsame kleine Messingmünze, zwei Büroklammern und einen Stein mit einem Loch in der Mitte.

Sie gab Coraline den Stein mit dem Loch.

»Was macht man damit?«, fragte Coraline. Das Loch in der Mitte ging durch den ganzen Stein. Sie hielt ihn zum Fenster hin und schaute hindurch.

»Vielleicht hilft er ja«, sagte Miss Spink. »So was ist manchmal ganz gut, wenn einem etwas Böses begegnet.«

Coraline zog ihren Mantel an, verabschiedete sich von Miss Spink und Miss Forcible und den Hunden und ging dann hinaus.

Der Nebel hing wie lauter Blindheit um das Haus. Langsam stieg Coraline die Treppe zur Wohnung ihrer Familie hoch, blieb dann stehen und schaute sich um.

Im Nebel sah alles aus wie eine Geisterwelt. *In Gefahr?*, dachte Coraline still für sich. Das hörte sich aufregend an. Es hörte sich nicht nach etwas Bösem an. Nicht wirklich.

Coraline ging wieder nach oben und schloss dabei die Faust fest um ihren neuen Stein.

3.

Am nächsten Tag schien die Sonne und Coralines Mutter fuhr mit ihr in die nächste größere Stadt, um für die Schule neue Kleidung zu kaufen. Ihren Vater setzten sie am Bahnhof ab. Er wollte sich mit ein paar Leuten treffen und musste dazu für einen Tag nach London.

Coraline winkte ihm zum Abschied zu.

Sie gingen ins Kaufhaus, um die Schulkleidung zu besorgen.

Coraline sah Handschuhe in grüner Leuchtfarbe, die ihr sehr gut gefielen. Ihre Mutter weigerte sich jedoch sie zu kaufen. Stattdessen kaufte sie weiße Socken, dunkelblaue Unterhosen, die zur Schuluniform gehörten, vier graue Blusen und einen dunkelblauen Rock.

»Aber, Mum, *alle* in der Schule haben graue Blusen und den ganzen Kram. *Niemand* hat Handschuhe in grüner Leuchtfarbe. Damit könnte ich die Einzige sein.«

Ihre Mutter ignorierte sie, weil sie mit der Verkäuferin sprach. Sie redeten darüber, was für einen Pullover sie Coraline kaufen sollte, und waren sich darin einig, dass es am besten wäre, einen peinlich großen und schlabberigen zu nehmen und darauf zu hoffen, dass sie eines Tages hineinwachsen würde.

Coraline schlenderte davon und schaute sich Gummistiefel an, die wie Frösche und Enten und Kaninchen geformt waren.

Dann schlenderte sie zurück.

»Coraline? Ach, da bist du ja. Wo um alles in der Welt hast du denn gesteckt?«

»Außerirdische hatten mich entführt«, sagte Coraline. »Sie kamen mit Laserkanonen aus dem All, aber ich habe eine Perücke aufgesetzt und mit einem ausländischen Akzent gelacht, und damit konnte ich sie täuschen und bin ihnen entkommen.«

»Ja, Schätzchen. So, ich glaube, du könntest noch ein paar Haarspangen brauchen, meinst du nicht?«

»Nein.«

»Na, sagen wir mal ein halbes Dutzend. Zur Sicherheit«, sagte ihre Mutter.

Coraline schwieg.

Auf dem Heimweg fragte Coraline im Auto: »Was ist in der leeren Wohnung?«

»Keine Ahnung. Nichts, nehm ich an. Sie sieht wahrscheinlich so aus wie unsere, bevor wir eingezogen sind. Leere Zimmer.«

»Meinst du, man kommt von unserer Wohnung dort hinein?«

»Nur wenn du durch Wände gehen kannst, Schätzchen.«

»Ach.«

Gegen Mittag kamen sie zu Hause an. Obwohl die Sonne schien, war es kalt. Coralines Mutter schaute in den Kühlschrank und fand dort eine verlassene kleine Tomate vor und ein Stück Käse, auf dem schon grünes Zeug wuchs. Im Brotkasten lag nur noch ein kleiner Kanten.

»Ich sause schnell zum Einkaufen los und besorge Fischstäbchen oder so was«, sagte ihre Mutter. »Möchtest du mit?«

»Nein«, sagte Coraline.

»Wie du willst«, sagte ihre Mutter und ging. Dann kam sie noch mal zurück, holte ihren Geldbeutel und die Autoschlüssel und ging wieder hinaus.

Coraline hatte Langeweile.

Sie blätterte in einem Buch, das ihre Mutter gerade las. Es handelte von den Ureinwohnern in einem fernen Land, die jeden Tag weiße Seide mit Wachs bemalten, dann die Seide in Farbe tauchten, sie wieder mit Wachs bemalten und in noch mehr Farbe tauchten, schließlich das Wachs in heißem Wasser herauskochten und zuletzt die wunderschön gewordenen Tücher ins Feuer warfen und zu Asche verbrannten.

Das kam Coraline ausgesprochen sinnlos vor, aber sie hoffte, dass die Leute ihren Spaß daran hatten.

Ihr war immer noch langweilig und ihre Mutter war noch nicht wieder da.

Coraline holte einen Stuhl und schob ihn zur Küchentür. Sie kletterte auf den Stuhl und langte nach oben. Sie stieg vom Stuhl hinunter und holte einen Besen aus der Besenkammer. Sie kletterte wieder auf den Stuhl und langte mit dem Besen nach oben.

Klirr.

Sie stieg vom Stuhl, hob die Schlüssel auf und lächelte triumphierend. Dann lehnte sie den Besen an die Wand und ging in die gute Stube.

Die Familie nutzte die gute Stube nicht. Die Möbel hatten sie von Coralines Großmutter geerbt. Dazu gehörten ein hölzerner Couchtisch, ein Beistelltischchen, ein schwerer Glasaschenbecher und ein Ölgemälde von einer Obstschale. Coraline konnte sich einfach nicht erklären, warum jemand eine Obstschale malen wollte. Davon abgesehen war das Zimmer leer: Es stand kein Krimskrams auf dem Kaminsims, es gab keine Porzellanfiguren oder Uhren; nichts, was das Zimmer behaglich oder bewohnt gemacht hätte.

Der alte schwarze Schlüssel fühlte sich kälter an als alle anderen. Sie steckte ihn ins Schlüsselloch. Er drehte sich ohne Widerstände und gab ein befriedigendes *Klick* von sich.

Coraline hielt inne und spitzte die Ohren. Sie wusste, dass sie etwas Unrechtes tat, und sie lauschte nach Anzeichen, dass ihre Mutter wieder nach Hause kam, hörte aber nichts. Daraufhin legte Coraline die Hand auf den Türknauf und drehte daran, und schließlich machte sie die Tür auf.

Sie führte in einen dunklen Flur. Die Backsteine waren so restlos verschwunden, als wären sie niemals hier gewesen. Durch die offene Tür drang ein kalter, muffiger Geruch; es roch nach etwas sehr Altem und Trägem.

Coraline ging durch die Tür.

Sie war gespannt, wie die leere Wohnung sein würde – falls der Flur tatsächlich zu ihr führte.

Beklommen ging Coraline den Korridor entlang. Er kam ihr sehr vertraut vor.

Der Teppich unter ihren Füßen war derselbe Teppich, den sie in ihrer Wohnung hatten. Die Tapete war dieselbe, die sie auch hatten. Das Bild an der Wand war dasselbe, das bei ihr zu Hause im Flur hing.

Sie wusste, wo sie sich befand: Sie war bei sich zu Hause. Sie hatte die Wohnung gar nicht verlassen.

Verwirrt schüttelte sie den Kopf.

Sie betrachtete das Bild, das an der Wand hing. Nein, es war nicht haargenau dasselbe. Auf dem Bild bei ihr zu Hause im Flur war ein altmodisch gekleideter Junge, der ein paar Seifenblasen anschaute. Aber jetzt war sein Gesichtsausdruck anders – er betrachtete die Seifenblasen, als wollte er etwas sehr Fieses mit ihnen anstellen. Und seine Augen waren irgendwie seltsam.

Coraline starrte seine Augen an und versuchte dahinter zu kommen, was genau an ihnen anders war.

Als sie es fast herausgefunden hatte, sagte jemand: »Coraline?«

Das klang nach ihrer Mutter. Coraline ging in die Küche, aus der die Stimme gekommen war. In der Küche stand eine Frau, die Coraline den Rücken zuwandte. Sie sah ein bisschen wie Coralines Mutter aus. Außer . . .

Außer dass ihre Haut so weiß wie Papier war.

Außer dass sie größer und dünner war.

Außer dass sie zu lange Finger hatte, die ständig in Bewegung waren. Und blutrote Fingernägel, die gekrümmt waren und ganz spitz zuliefen.

»Coraline?«, sagte die Frau. »Bist du's?«

Und dann drehte sie sich um. Ihre Augen waren große, schwarze Knöpfe.

»Es gibt gleich Mittagessen, Coraline«, sagte die Frau.

»Wer bist du?«, fragte Coraline.

»Ich bin deine andere Mutter«, sagte die Frau. »Geh zu deinem Vater und sag ihm, dass das Essen fertig ist.«

Sie machte die Backofentür auf. Mit einem Mal wurde Coraline bewusst, was für einen Hunger sie hatte. Es duftete herrlich.

»Na, mach schon.«

Coraline ging den Flur entlang und öffnete die Tür zum Arbeitszimmer ihres Vaters. An der Tastatur des

Computers saß ein Mann, der ihr den Rücken zugewandt hatte.

»Hallo«, sagte Coraline. »Ich – ich meine, sie hat gesagt, ich soll dir ausrichten, dass das Essen fertig ist.«

Der Mann drehte sich um.

Seine Augen waren Knöpfe. Große, schwarze, glänzende Knöpfe.

»Hallo, Coraline«, sagte er. »Ich bin schon am Verhungern.«

Er stand auf und ging mit ihr in die Küche. Sie setzten sich an den Küchentisch und Coralines Mutter brachte das Essen. Ein riesiges goldbraunes Brathähnchen mit Bratkartoffeln und winzig kleinen Erbsen. Coraline schaufelte sich das Essen in den Mund. Es schmeckte großartig.

»Wir haben lange auf dich gewartet«, sagte Coralines anderer Vater.

»Auf mich?«

»Ja«, sagte die andere Mutter. »Ohne dich war's hier nicht das Wahre. Aber wir wussten ja, eines Tages würdest du kommen und dann könnten wir eine richtige Familie sein. Möchtest du noch etwas von dem Hähnchen?«

Ein so leckeres Hähnchen hatte Coraline noch nie gegessen. Ihre Mutter machte manchmal Hähnchen, aber es war immer ein Fertiggericht oder tiefgefroren und das Fleisch war trocken und schmeckte nach nichts.

Wenn Coralines Vater Hähnchen machte, kaufte er zwar ein echtes Hähnchen, machte dann aber seltsame Dinge damit. Zum Beispiel kochte er es in Wein, füllte es mit Backpflaumen oder backte es in einem Teigmantel, und aus Prinzip weigerte sich Coraline dann, es auch nur anzurühren.

Sie nahm sich noch mehr von dem Hähnchen.

»Ich hab gar nicht gewusst, dass ich noch eine andere Mutter habe«, sagte sie vorsichtig.

»Aber natürlich. Das hat doch jeder«, sagte die andere Mutter mit funkelnden Knopfaugen. »Ich dachte, dass du nach dem Essen vielleicht Lust hast, in deinem Zimmer mit den Ratten zu spielen.«

»Mit den Ratten?«

»Von oben.«

Außer im Fernsehen hatte Coraline noch nie eine Ratte gesehen. Sie freute sich schon richtig darauf. Der Tag versprach schließlich doch noch sehr interessant zu werden.

Nach dem Essen erledigten ihre anderen Eltern den Abwasch und Coraline ging den Flur entlang zu ihrem anderen Zimmer.

Es war anders als ihr Zimmer zu Hause. Zunächst mal war es in einem abscheulichen Grünton und einem sonderbaren Pink gestrichen.

Coraline kam zu dem Ergebnis, dass sie hier drin nicht würde schlafen wollen, dass aber die Farbgestaltung sehr viel interessanter war als in ihrem eigenen Zimmer.

Hier drin gab es allerhand bemerkenswerte Dinge, die sie noch nie zuvor gesehen hatte: Engel zum Aufziehen, die wie erschrockene Spatzen im Zimmer umherflatterten; Bücher mit Bildern, die zappelten und krabbelten und flimmerten; kleine Dinosaurier-Schädel, die mit den Zähnen klapperten, wenn sie daran vorbeiging. Eine ganze Spielzeugkiste randvoll mit den herrlichsten Spielsachen.

Na also, dachte Coraline. Sie sah aus dem Fenster. Der Ausblick war derselbe, den sie auch von ihrem eigenen Zimmer hatte: Bäume, Felder und dahinter, am Horizont, lilafarbene Hügel in weiter Ferne.

Etwas Schwarzes huschte durchs Zimmer und verschwand unter dem Bett. Coraline kniete sich hin und schaute unters Bett. Fünfzig kleine, rote Augen starrten ihr entgegen.

»Hallo«, sagte Coraline. »Seid ihr die Ratten?«

Sie kamen unter dem Bett hervor und blinzelten im Licht. Sie hatten ein kurzhaariges, pechschwarzes Fell, kleine rote Augen, rosige Pfoten, die wie winzige Hände waren, und rosafarbene, haarlose Schwänze wie lange, glatte Würmer.

»Könnt ihr sprechen?«, fragte sie.

Die größte und schwärzeste der Ratten schüttelte den Kopf. Coraline fand, dass sie ein unangenehmes Lächeln hatte.

»Also«, fragte Coraline, *»was macht ihr?«*

Die Ratten bildeten einen Kreis.

Dann kletterten sie vorsichtig, aber flink aufeinander, bis sie eine Pyramide bildeten, mit der größten Ratte an der Spitze.

Mit hohen Flüsterstimmchen begannen die Ratten zu singen:

»Wir haben Zähne, wir haben Schwänze,
Wir haben Zähne, scharf und klein,
Wir waren vor deinem Sturz schon hier,
Du wirst bei unserem Aufstieg hier sein.«

Das war kein schönes Lied. Coraline war sich sicher, dass sie es schon mal gehört hatte, zumindest so etwas Ähnliches, aber sie wusste nicht mehr, wo genau das gewesen war.

Dann fiel die Pyramide auseinander und die Ratten, schwarz und schnell, huschten zur Tür.

Der andere verrückte alte Herr von oben stand in der Tür und hielt einen hohen schwarzen Hut in der Hand. Die Ratten sausten an ihm hoch und verkrochen sich in seinen Taschen, unter seinem Hemd, flitzten an seinen Hosenbeinen hoch und in seinen Halsausschnitt hinein.

Die größte Ratte kletterte dem alten Herrn auf die Schultern und schwang sich an seinem langen grauen

Schnurrbart an den großen schwarzen Knopfaugen vorbei bis hinauf zu seinem Kopf.

Innerhalb von Sekunden waren die unruhigen Klumpen unter der Kleidung des Mannes der einzige Hinweis darauf, dass die Ratten überhaupt da waren. Sie turnten kreuz und quer auf ihm umher, von einer Stelle zur anderen, und nur die größte Ratte war noch da und blickte vom Kopf des Mannes mit glitzernden roten Augen auf Coraline herab.

Der alte Herr setzte seinen Hut auf und damit war die letzte Ratte verschwunden.

»Hallo, Coraline«, sagte der andere alte Herr von oben. »Ich habe gehört, dass du da bist. Für die Ratten wird es Zeit, dass sie ihr Abendessen kriegen. Aber wenn du willst, kannst du mit mir hinaufkommen und bei der Fütterung zusehen.«

In den Knopfaugen des alten Mannes lag etwas Hungriges, das bei Coraline Unbehagen auslöste. »Nein, danke«, sagte sie. »Ich geh nach draußen, um die Gegend zu erkunden.«

Der alte Mann nickte ganz langsam mit dem Kopf. Coraline hörte die Ratten miteinander tuscheln, konnte aber nicht verstehen, was sie sagten.

Sie war sich nicht sicher, ob sie überhaupt wissen wollte, was sie sagten.

Ihre anderen Eltern standen in der offenen Küchentür, als Coraline den Korridor entlangging. Sie hatten ein identisches Lächeln aufgesetzt und winkten ihr langsam zu.

»Viel Spaß draußen«, sagte ihre andere Mutter.

»Wir warten hier, bis du wiederkommst«, sagte ihr anderer Vater.

Als Coraline die Haustür erreicht hatte, drehte sie sich um und sah zu ihnen hin. Sie schauten immer noch zu ihr und winkten und lächelten.

Coraline ging nach draußen und stieg die Treppe hinunter.

4.

Von außen sah das Haus haargenau gleich aus. Oder fast haargenau gleich. Rings um die Eingangstür von Miss Spink und Miss Forcible zogen sich blaue und rote Lämpchen, die blinkten und dabei Wörter bildeten, wobei die Lichter sich gegenseitig rund um die Tür jagten. An und aus, immer rundum. Auf DA KANN MAN NUR STAUNEN! folgte EIN TRIUMPH und dann AUF DER BÜHNE!!!.

Das Wetter war sonnig und kalt, ganz so wie das Wetter, das sie zurückgelassen hatte.

Hinter ihr gab jemand einen höflichen Laut von sich.

Sie drehte sich um. Auf der Mauer neben ihr stand ein großer schwarzer Kater, der identisch war mit dem großen schwarzen Kater, den sie zu Hause auf dem Grundstück gesehen hatte.

»Guten Tag«, sagte der Kater. Die Stimme klang so wie die Stimme in ihrem Hinterkopf, wenn sie über etwas nachdachte. Nur dass es nicht die Stimme eines Mädchens war, sondern eine Männerstimme.

»Hallo«, sagte Coraline. »So einen Kater wie dich hab

ich zu Hause im Garten gesehen. Du bist bestimmt der andere Kater.«

Der Kater schüttelte den Kopf. »Nein«, sagte er. »Ich bin nichts anderes. Ich bin ich.« Er legte den Kopf schief; die grünen Augen funkelten. »Ihr Menschen breitet euch überall aus. Wir Katzen hingegen halten uns zusammen. Wenn du verstehst, was ich meine.«

»Ich glaub schon. Aber wenn du derselbe Kater bist wie der, den ich zu Hause gesehen habe, wie kannst du dann sprechen?«

Katzen haben keine Schultern, nicht so wie Menschen. Aber dieser Kater zuckte mit den Schultern, mit einer einzigen, fließenden Bewegung, die an der Schwanzspitze begann und mit einem Aufstellen der Schnurrhaare endete. »Ich kann sprechen.«

»Zu Hause sprechen Katzen nicht.«

»Nein?«, sagte der Kater.

»Nein«, sagte Coraline.

Der Kater sprang geschmeidig von der Mauer ins Gras zu Coralines Füßen. Von dort sah er zu ihr auf.

»Na, du bist ja die Expertin in solchen Dingen«, sagte der Kater trocken. »Woher soll ich so was wissen? Ich bin schließlich nur ein Kater.«

Und mit stolz erhobenem Kopf und hochgerecktem Schwanz spazierte er davon.

»Bleib da«, sagte Coraline. »Bitte. Es tut mir Leid. Ehrlich.«

Der Kater blieb stehen, ließ sich nieder und begann sich gedankenverloren zu putzen, wobei er Coralines Existenz offenbar überhaupt nicht bemerkte.

»Wir – wir könnten doch Freunde sein«, sagte Coraline.

»Wir *könnten* seltene Exemplare einer exotischen afrikanischen Art von tanzenden Elefanten sein«, sagte der Kater. »Aber das sind wir nicht. Zumindest«, setzte er nach einem kurzen Blick auf Coraline boshaft hinzu, »bin *ich* keins.«

Coraline seufzte.

»Bitte. Wie heißt du?«, fragte Coraline den Kater. »Pass auf, ich bin Coraline. Okay?«

Der Kater gähnte, langsam und sorgfältig, und gab dabei den Blick auf einen Rachen mit Zunge frei, die in einem verblüffend leuchtenden Pink erstrahlten. »Katzen haben keine Namen«, sagte er.

»Nein?«, sagte Coraline.

»Nein«, sagte der Kater. »Also, ihr Menschen habt Namen. Das kommt daher, weil ihr nicht wisst, wer ihr seid. Wir wissen, wer wir sind, deshalb brauchen wir keine Namen.«

Coraline fand, dass der Kater eine unglaubliche Ich-Bezogenheit an sich hatte. So als hielte er sich für das Einzige auf der Welt – oder sonst wo –, das von Bedeutung war.

Ein Teil von ihr wäre am liebsten sehr grob geworden;

der andere Teil von ihr wollte höflich und ehrerbietig sein. Der höfliche Teil setzte sich durch.

»Bitte, was ist das hier für ein Ort?«

Der Kater schaute sich kurz um.

»Das ist hier«, sagte der Kater.

»Das seh ich. Also, wie bist du hierher gekommen?«

»Genau wie du. Ich bin gelaufen«, sagte der Kater. »Und zwar *so.*«

Coraline sah dem Kater dabei zu, wie er langsam über den Rasen lief. Der Kater spazierte hinter einen Baum, kam aber auf der anderen Seite nicht mehr hervor. Coraline ging zum Baum und schaute dahinter nach. Der Kater war weg.

Sie ging zum Haus zurück. Wieder gab jemand hinter ihr einen höflichen Ton von sich.

Es war der Kater.

»Übrigens«, sagte er, »es war sehr vernünftig, dass du einen Schutz mitgebracht hast. An deiner Stelle würde ich mich daran halten.«

»Einen Schutz?«

»Genau das hab ich gesagt«, sagte der Kater. »Und überhaupt . . .«

Er hielt inne und starrte konzentriert auf etwas, was gar nicht da war.

Dann kauerte er sich dicht am Boden zusammen und bewegte sich langsam zwei, drei Schritte vorwärts. Es war, als pirschte er sich an eine unsichtbare Maus heran.

Unvermittelt machte er kehrt und stürmte zum Wald davon.

Dort verschwand er zwischen den Bäumen.

Coraline fragte sich, was der Kater wohl gemeint hatte.

Außerdem fragte sie sich, ob dort, wo sie herkam, alle Katzen sprechen konnten und es aus freiem Entschluss nicht taten, oder ob sie nur sprechen konnten, wenn sie hier waren – wo immer *hier* auch sein mochte.

Sie stieg die Backsteinstufen zur Eingangstür von Miss Spink und Miss Forcible hinauf. Die blauen und roten Lämpchen blinkten, gingen an und aus.

Die Tür stand offen, nur einen Spalt breit. Coraline klopfte, aber beim ersten Klopfen ging die Tür weit auf und Coraline trat ein.

Vor ihr lag ein dunkler Raum, der nach Staub und Samt roch. Die Tür schlug hinter ihr ins Schloss und um sie herum wurde es schwarz. Coraline tastete sich in einen kleinen Vorraum vor. Ihr Gesicht streifte etwas Weiches. Es war Stoff. Sie langte nach oben und stieß gegen den Stoff. Er teilte sich.

Sie stand in einem schwach erhellten Theater hinter dem Samtvorhang. Ein ganzes Stück entfernt, am anderen Ende des Raums, befand sich eine hohe Holzbühne, die leer und kahl war. Von hoch oben strahlte ein matter Scheinwerfer auf sie herab.

Zwischen Coraline und der Bühne zogen sich Sitzreihen entlang. Eine Sitzreihe nach der anderen. Sie hörte ein Schlurfen, und ein hin und her schwankendes Licht kam auf sie zu. Als es näher kam, konnte sie erkennen, dass das Licht von einer Taschenlampe stammte, die ein großer, schwarzer Terrier im Maul trug. Er war so alt, dass die Haare auf seiner Schnauze schon ganz grau waren.

»Hallo«, sagte Coraline.

Der Hund legte die Taschenlampe auf dem Boden ab und schaute zu ihr hoch. »Na schön. Lass deine Eintrittskarte sehen«, sagte er barsch.

»Meine Eintrittskarte?«

»Genau das hab ich gesagt. Deine Eintrittskarte. Hör mal, ich hab nicht ewig Zeit. Ohne Eintrittskarte kannst du dir die Vorstellung nicht ansehen.«

Coraline seufzte. »Ich hab keine Eintrittskarte«, gestand sie.

»Noch so eine«, sagte der Hund trübsinnig. »Kommen in aller Dreistigkeit hier herein. ›Wo ist die Eintrittskarte?‹ – ›Ich hab keine.‹ Also, ich weiß ja nicht . . .« Er schüttelte den Kopf und zuckte dann mit den Schultern. »Na, dann komm mal mit.«

Er nahm die Taschenlampe wieder ins Maul und trottete in die Dunkelheit davon. Coraline folgte ihm. Kurz vor der Bühne blieb er stehen und leuchtete mit der Taschenlampe auf einen leeren Platz. Coraline setzte sich und der Hund schlenderte davon.

Als ihre Augen sich an die Dunkelheit gewöhnt hatten, stellte sie fest, dass auf den anderen Plätzen lauter Hunde saßen.

Hinter der Bühne ertönte plötzlich ein Zischen. Coraline kam zu dem Ergebnis, dass es das Geräusch einer alten, zerkratzten Schallplatte war, die auf den Plattenspieler gelegt wurde. Aus dem Zischen wurden Fanfarenstöße, und Miss Spink und Miss Forcible traten auf die Bühne.

Miss Spink fuhr auf einem Einrad und jonglierte dabei mit Bällen. Miss Forcible hüpfte mit einem Blumenkorb hinter ihr her und streute Blütenblätter auf die Bühne. Sie kamen am vorderen Rand der Bühne an, Miss Spink sprang behände vom Einrad herunter und die beiden alten Damen verbeugten sich tief.

Alle Hunde klopften mit ihren Schwänzen auf die Sitze und bellten begeistert. Coraline klatschte höflich Beifall.

Dann knöpften die beiden ihre flauschigen, runden Mäntel auf und schlugen sie auseinander. Aber nicht nur die Mäntel wurden geöffnet. Wie leere Hülsen öffneten sich auch ihre Gesichter und aus den alten, leeren, flauschigen runden Körpern traten zwei junge Frauen hervor. Sie waren dünn und blass und ziemlich hübsch und hatten schwarze Knopfaugen.

Die neue Miss Spink hatte grüne Strumpfhosen an und hohe braune Stiefel, die über den größten Teil ihrer Beine reichten. Die neue Miss Forcible trug ein weißes Kleid und hatte Blumen in ihren langen, blonden Haaren.

Coraline lehnte sich in ihrem Sitz zurück.

Miss Spink ging von der Bühne und die Fanfaren quietschten auf, als die Grammofonnadel sich über die Schallplatte geackert hatte und heruntergenommen wurde.

»Das ist meine Lieblingsstelle«, flüsterte der kleine Hund auf dem Platz neben ihr.

Die andere Miss Forcible holte ein Messer aus einer Schachtel, die in einer Ecke auf der Bühne stand. »Ist das ein Dolch, was ich vor mir erblicke?«, fragte sie.

»Ja!«, riefen die kleinen Hunde alle. »Es ist ein Dolch!«

Miss Forcible knickste und die Hunde applaudierten wieder alle. Coraline machte sich diesmal nicht die Mühe, Beifall zu klatschen.

Miss Spink kam wieder auf die Bühne. Sie schlug sich auf den Schenkel und die kleinen Hunde kläfften.

»Und jetzt«, sagte Miss Spink, »können Miriam und ich Ihnen zu unserem großen Stolz noch eine zusätzliche Darbietung in unserem Programm präsentieren. Meldet sich jemand freiwillig?«

Der kleine Hund neben Coraline stupste sie mit der Vorderpfote an.

»Du!«, zischte er.

Coraline stand auf und stieg die Holzstufen hoch, die auf die Bühne führten.

»Darf ich um einen schönen, kräftigen Applaus für die junge Mitwirkende bitten, die sich freiwillig gemeldet hat?«, fragte Miss Spink.

Die Hunde kläfften und winselten und klopften mit den Schwänzen auf die Samtsitze.

»So, Coraline«, sagte Miss Spink. »Sagst du uns, wie du heißt?«

»Coraline«, sagte Coraline.

»Und wir kennen uns nicht. Stimmt doch, oder?«

Coraline betrachtete die dünne junge Frau mit den schwarzen Knopfaugen und nickte langsam.

»Also«, sagte die andere Miss Spink, »dann stell dich mal dorthin.« Sie führte Coraline zu einem Brett an der Seite der Bühne und legte ihr einen Luftballon auf den Kopf.

Dann ging Miss Spink zu Miss Forcible, verband ihr die Knopfaugen mit einem schwarzen Tuch und gab ihr das Messer in die Hand, drehte sie drei-, viermal um die eigene Achse und richtete sie zu Coraline hin aus. Coraline hielt den Atem an und ballte die Hände zu zwei festen Fäusten.

Miss Forcible warf mit dem Messer nach dem Luftballon. Es gab einen lauten Knall und das Messer bohrte sich direkt über Coralines Kopf in das Brett und blieb dort schwirrend stecken. Coraline atmete aus.

Die Hunde tobten vor Begeisterung.

Miss Spink überreichte Coraline eine sehr kleine Pralinenschachtel und dankte ihr dafür, dass sie so bereitwillig mitgemacht hatte. Coraline ging wieder auf ihren Platz.

»Du warst sehr gut«, sagte der kleine Hund.

»Danke«, sagte Coraline.

Miss Forcible und Miss Spink begannen mit gewaltigen Holzkeulen zu jonglieren. Coraline machte die Schachtel mit den Pralinen auf. Der Hund betrachtete sie verlangend.

»Möchtest du eine?«, fragte sie den kleinen Hund.

»Ja, bitte«, flüsterte der Hund. »Nur nicht mit Karamell, da muss ich so sabbern.«

»Ich dachte, Pralinen wären nichts für Hunde«, sagte sie. Ihr war eingefallen, dass Miss Forcible so etwas mal gesagt hatte.

»Vielleicht dort, wo du herkommst«, flüsterte der kleine Hund. »Hier essen wir nichts anderes.«

Im Dunkeln konnte Coraline nicht erkennen, was für Pralinen es waren. Sie biss probehalber in eine hinein. Es stellte sich heraus, dass es eine mit Kokosnussfüllung war. Kokosnuss mochte Coraline nicht. Sie gab die Praline dem Hund.

»Danke«, sagte der Hund.

»Gern geschehn«, sagte Coraline.

Miss Forcible und Miss Spink führten ein Theaterstück vor. Dabei saß Miss Forcible auf einer Trittleiter und Miss Spink stand unten.

»Was ist ein Name?«, fragte Miss Forcible. »Was uns Rose heißt, wie es auch hieße, würde lieblich duften.«

»Hast du noch mehr Pralinen?«, fragte der Hund.

Coraline gab dem Hund noch eine Praline.

»Mit Namen weiß ich dir nicht zu sagen, wer ich bin«, sagte Miss Spink zu Miss Forcible.

»Dieser Teil ist bald vorbei«, flüsterte der Hund. »Dann führen sie Volkstänze auf.«

»Wie lange dauert das denn?«, fragte Coraline. »Die ganze Vorstellung?«

»Die läuft durchgehend«, sagte der Hund. »Für immer und ewig.«

»Hier«, sagte Coraline. »Du kannst die Pralinen behalten.«

»Danke«, sagte der Hund.

Coraline stand auf.

»Bis bald mal«, sagte der Hund.

»Tschüss«, sagte Coraline. Sie verließ das Theater und ging wieder in den Garten. Im hellen Tageslicht musste sie blinzeln.

Im Garten warteten ihre anderen Eltern auf sie. Die beiden standen nebeneinander und lächelten.

»Hast du dich gut amüsiert?«, fragte ihre andere Mutter.

»Es war interessant«, sagte Coraline.

Zu dritt gingen sie wieder zu Coralines anderem Haus zurück. Coralines andere Mutter strich Coraline mit ihren langen, weißen Fingern übers Haar. Coraline schüttelte den Kopf.

»Lass das«, sagte Coraline.

Ihre andere Mutter zog die Hand weg.

»Und?«, sagte ihr anderer Vater. »Gefällt's dir hier?«

»Ich glaub schon«, sagte Coraline. »Hier ist es viel interessanter als zu Hause.«

Sie gingen hinein.

»Schön, dass es dir hier gefällt«, sagte Coralines andere Mutter. »Wir möchten nämlich gern, dass hier dein Zuhause ist. Du kannst für immer und ewig hier bleiben. Wenn du magst.«

»Hmm«, sagte Coraline. Sie steckte die Hände in die Taschen und dachte darüber nach. Dabei streifte ihre Hand den Stein, den die echte Miss Spink und die echte Miss Forcible ihr am Vortag geschenkt hatten, den Stein mit dem Loch in der Mitte.

»Wenn du bleiben willst«, sagte ihr anderer Vater, »gibt es nur eine einzige Kleinigkeit, die wir erledigen müssen, damit du für immer und ewig hier bleiben kannst.«

Sie gingen in die Küche. Auf dem Küchentisch stand ein Porzellanteller mit einer Rolle schwarzem Zwirn, einer langen Silbernadel und zwei großen, schwarzen Knöpfen.

»Ich glaub, das will ich doch lieber nicht«, sagte Coraline.

»Oh, aber wir möchten es gern«, sagte ihre andere Mutter. »Wir möchten, dass du bleibst. Und es ist doch nur eine Kleinigkeit.«

»Es tut nicht weh«, sagte ihr anderer Vater.

Wenn Erwachsene einem sagten, etwas würde nicht wehtun, tat es fast immer weh. Das wusste Coraline. Sie schüttelte den Kopf.

Ihre andere Mutter lächelte strahlend und die Haare auf ihrem Kopf wanden sich wie Wasserpflanzen hin und her. »Wir wollen nur das Beste für dich«, sagte sie.

Sie legte Coraline die Hand auf die Schulter. Coraline wich zurück.

»Ich geh jetzt wieder«, sagte Coraline. Sie steckte die Hände in die Taschen. Ihre Finger schlossen sich um den Stein mit dem Loch in der Mitte.

Die Hand ihrer anderen Mutter huschte wie eine aufgeschreckte Spinne von Coralines Schulter.

»Wenn du's so haben möchtest«, sagte sie.

»Ja«, sagte Coraline.

»Wir sehen dich aber bald wieder«, sagte ihr anderer Vater. »Wenn du zurückkommst.«

»Hm«, sagte Coraline.

»Und dann sind wir alle als große, glückliche Familie zusammen«, sagte ihre andere Mutter. »Für immer und ewig.«

Coraline wich zurück. Sie drehte sich um und lief schnell in die gute Stube und machte die Tür hinten in der

Ecke auf. Jetzt war dort keine Backsteinmauer mehr – nur Dunkelheit, eine nachtschwarze, unterirdische Finsternis, die den Eindruck machte, als könnten allerlei Wesen darin herumhuschen.

Zögernd blieb Coraline stehen. Sie wandte sich um. Ihre andere Mutter und ihr anderer Vater kamen Hand in Hand auf sie zu. Sie sahen sie mit ihren schwarzen Knopfaugen an. Zumindest *glaubte* sie, dass die beiden sie ansahen. Mit Sicherheit ließ sich das nicht sagen.

Ihre andere Mutter streckte ihre freie Hand aus und winkte sie mit einem weißen Finger sacht zu sich heran. Ihre blassen Lippen formten die Worte »Komm bald wieder«, aber sie sprach sie nicht laut aus.

Coraline holte tief Luft und trat in die Dunkelheit hinein, in der seltsame Stimmen tuschelten und ferne Winde heulten. Mit einem Mal war sie sich ganz sicher, dass in der Dunkelheit hinter ihr etwas war – etwas sehr Altes und sehr Träges. Ihr Herz hämmerte so stark und so laut, dass sie Angst bekam, es würde ihr aus der Brust springen. Sie machte die Augen zu, schloss die Dunkelheit aus.

Schließlich stieß sie irgendwo dagegen und riss erschrocken die Augen auf. Sie war gegen einen Lehnstuhl gestoßen, in ihrer guten Stube.

In der offenen Tür hinter ihr blockierten raue rote Backsteine den Weg.

Sie war zu Hause.

5.

Mit dem kalten schwarzen Schlüssel schloss Coraline die Tür in der guten Stube ab.

Sie ging in die Küche zurück und stieg auf einen Stuhl. Sie wollte den Schlüsselbund wieder oben auf den Türrahmen legen. Das versuchte sie vier- oder fünfmal, bis sie schließlich akzeptieren musste, dass sie dafür einfach nicht groß genug war. Deshalb legte sie die Schlüssel neben der Tür auf die Arbeitsplatte.

Ihre Mutter war von ihrer Einkaufstour immer noch nicht zurück.

Coraline ging zum Kühlschrank und holte sich aus dem Gefrierfach ganz unten das Vorratsbrot. Sie machte sich Toast mit Marmelade und Erdnusscreme. Dazu trank sie ein Glas Wasser.

Sie wartete darauf, dass ihre Eltern nach Hause kamen.

Als es dunkel wurde, machte sich Coraline in der Mikrowelle eine Tiefkühl-Pizza.

Dann schaute Coraline fern. Sie fragte sich, wieso die Erwachsenen alle guten Sendungen, die mit viel Geschrei und jeder Menge Verfolgungsjagden, für sich selbst behielten.

Nach einiger Zeit fing sie an zu gähnen. Dann zog sie sich aus, putzte sich die Zähne und legte sich schlafen.

Am Morgen ging sie ins Elternschlafzimmer, aber das Bett war unberührt und ihre Eltern waren nicht da. Sie aß Spagetti aus der Dose zum Frühstück.

Als Mittagessen gab es ein dickes Stück Blockschokolade und einen Apfel. Der Apfel war gelb und leicht verschrumpelt, schmeckte aber süß und gut.

Zum Tee ging sie nach unten und besuchte Miss Spink und Miss Forcible. Sie bekam drei Kekse, ein Glas Limeade und eine Tasse schwachen Tee. Die Limeade war sehr interessant. Sie schmeckte überhaupt nicht nach Limetten. Sie schmeckte knallgrün und leicht nach Chemie. Coraline fand sie ungemein lecker. Sie hätte sich gefreut, wenn es das auch bei ihr zu Hause gäbe.

»Wie geht es deinen lieben Eltern?«, fragte Miss Spink.

»Die sind mir abhanden gekommen«, sagte Coraline. »Ich habe sie alle beide seit gestern nicht mehr gesehen. Ich bin ganz allein. Ich glaube, ich bin eine Einzelkindfamilie geworden.«

»Richte deiner Mutter doch bitte aus, dass wir die Zeitungsausschnitte gefunden haben, von denen wir ihr erzählt hatten. Sie schien sehr daran interessiert, als Miriam sie ihr gegenüber erwähnte.«

»Sie ist unter mysteriösen Umständen verschwunden«, sagte Coraline, »und ich glaube, mein Vater auch.«

»Morgen sind wir leider den ganzen Tag außer Haus, Caroline, Herzchen«, sagte Miss Forcible. »Wir sind bei Aprils Nichte in Royal Tunbridge Wells.«

Die beiden zeigten Coraline ein Fotoalbum mit Bildern von Miss Spinks Nichte und dann ging Coraline nach Hause.

Sie machte ihre Sparbüchse auf und ging zum Supermarkt. Dort kaufte sie zwei große Flaschen Limeade, einen Schokoladenkuchen und einen neuen Beutel mit Äpfeln, ging wieder nach Hause und aß das zum Abendbrot.

Sie putzte sich die Zähne und ging ins Arbeitszimmer ihres Vaters, erweckte seinen Computer zum Leben und schrieb eine Geschichte.

CORALINES GESCHICHTE

ES WAR EINMAL EIN MÄDCHEN, DAS HIESS APPLE. SIE TANZTE VIEL. SIE TANZTE UND TANZTE, BIS IHRE FÜSE ZU WÜRSCHTEN WURDEN. ENDE.

Sie druckte die Geschichte aus und stellte den Computer ab. Dann malte sie unter den Text auf dem Papier ein Bild von dem tanzenden Mädchen.

Sie ließ sich ein Bad mit zu viel Badeschaum ein. Der Schaum quoll über den Rand und lief über den ganzen Fußboden. Coraline trocknete sich ab, rieb nach besten Kräften auch den Boden trocken und ging ins Bett.

In der Nacht wachte Coraline auf. Sie ging ins Schlafzimmer ihrer Eltern, aber das Bett war gemacht und leer. Die grünen Leuchtziffern am Digitalwecker leuchteten 3:12.

Coraline, so ganz allein mitten in der Nacht, fing an zu weinen. Das war das einzige Geräusch in der leeren Wohnung.

Sie kroch ins Ehebett ihrer Eltern und schlief nach einer Weile ein.

Coraline wurde von kalten Pfoten geweckt, die ihr ins Gesicht tappten. Sie schlug die Augen auf. Große, grüne Augen starrten ihr entgegen. Es war der Kater.

»Hallo«, sagte Coraline. »Wie bist du denn hereingekommen?«

Der Kater sagte nichts. Coraline stieg aus dem Bett. Sie hatte ein langes T-Shirt und eine Schlafanzughose an.

»Bist du gekommen, um mir etwas zu sagen?«

Der Kater gähnte, wobei seine Augen grün aufblitzten.

»Weißt du, wo Mummy und Daddy sind?«

Der Kater schloss die Augen und machte sie wieder auf, blinkerte ganz langsam.

»Heißt das Ja?«

Der Kater blinkerte wieder. Coraline kam zu dem Ergebnis, dass damit tatsächlich ein Ja gemeint war. »Würdest du mich zu ihnen führen?«

Der Kater starrte sie an. Dann lief er auf den Flur hinaus. Coraline folgte ihm. Der Kater lief den Korridor entlang und blieb ganz am Ende stehen, wo ein großer Spiegel hing, in dem man sich von Kopf bis Fuß sehen konnte. Vor langer Zeit war der Spiegel einmal innen an einer Schranktür gewesen. Als sie einzogen, hatte er hier an der Wand gehangen. Coralines Mutter hatte zwar gelegentlich davon gesprochen, dass sie ihn durch etwas Neueres ersetzen wollte, hatte es aber nie getan.

Coraline machte das Licht im Flur an.

Der Spiegel zeigte den Korridor hinter ihr. Das war zu erwarten gewesen. Aber auch ihre Eltern waren darin zu sehen. Unbeholfen standen sie im Spiegelbild des Flurs. Sie wirkten traurig und einsam. Als Coraline sie ansah, winkten sie ihr zu, langsam, mit schlaffen Händen. Coralines Vater hatte den Arm um ihre Mutter gelegt.

Aus dem Spiegel starrten Coralines Eltern sie an. Ihr Vater machte den Mund auf und sagte etwas, aber sie konnte überhaupt nichts hören. Ihre Mutter hauchte von innen gegen das Spiegelglas, sodass es beschlug. Und bevor das wieder verschwand, schrieb sie mit der Spitze ihres Zeigefingers ganz schnell:

HILFE!

Der Nebel auf der Innenseite des Spiegels verschwand und mit ihm auch ihre Eltern. Im Spiegel waren jetzt nur noch der Flur zu sehen und Coraline und der Kater.

»Wo sind sie?«, fragte Coraline den Kater.

Der Kater gab keine Antwort, aber Coraline konnte sich seine Stimme vorstellen, mit der er so trocken wie eine tote Fliege auf einer Fensterbank im Winter sagte: *Na, was meinst du wohl?*

»Sie kommen nicht wieder, oder?«, sagte Coraline. »Jedenfalls nicht aus eigener Kraft.«

Der Kater blinkerte mit den Augen. Coraline fasste das als Bestätigung auf.

»Na schön«, sagte sie. »Da bleibt mir wohl nur noch eins.«

Sie ging ins Arbeitszimmers ihres Vaters und setzte sich an seinen Schreibtisch. Dann nahm sie den Telefonhörer, schlug das Telefonbuch auf und rief das Polizeirevier an.

»Polizei«, sagte eine barsche Männerstimme.

»Hallo«, sagte Coraline. »Ich heiße Coraline Jones.«

»Es ist ein bisschen spät für dich, um noch auf zu sein, junge Dame, meinst du nicht?«, sagte der Polizeibeamte. »Jetzt ist doch schon längst Schlafenszeit.«

Coraline wollte sich nicht ablenken lassen. »Kann schon sein«, sagte sie, »aber ich rufe an, um ein Verbrechen zu melden.«

»Und was für ein Verbrechen soll das sein?«

»Entführung. Kidnapping. Nein, eigentlich Elternnapping. Meine Eltern sind gestohlen worden und wurden in eine Welt hinter dem Spiegel bei uns im Flur verschleppt.«

»Und weißt du auch, wer sie gestohlen hat?«, fragte der Polizeibeamte. Coraline konnte das Lächeln in seiner Stimme hören und sie gab sich ganz besondere Mühe, sich erwachsen anzuhören, damit er sie ernst nahm.

»Ich glaube, meine andere Mutter hat sie sich gekrallt. Möglicherweise will sie meine Eltern behalten und ihnen schwarze Knöpfe auf die Augen nähen, aber vielleicht hat sie meine Eltern auch nur dazu, um mich zurückzulocken, damit sie mich wieder in die Finger kriegt. Das weiß ich nicht so genau.«

»Ah! Ihre schurkischen Finger mit den teuflischen Krallen, nicht wahr?«, sagte er. »Hmhm. Weißt du, was ich da vorschlage, Miss Jones?«

»Nein«, sagte Coraline. »Was?«

»Du bittest deine Mutter, dir eine schöne, große Tasse heißen Kakao zu machen und dich ganz fest in die Arme zu nehmen. Um Alpträume zu vertreiben, hilft nichts so gut wie heißer Kakao und eine Umarmung. Und wenn sie mit dir schimpft, weil du sie zu dieser nachtschlafenden Zeit geweckt hast, dann sagst du ihr einfach, dass die Polizei dir das geraten hat.« Er hatte eine tiefe, beruhigende Stimme.

Coraline war aber nicht beruhigt.

»Wenn ich sie sehe«, sagte sie, »werd ich's ihr ausrichten.« Und sie legte den Hörer auf.

Der schwarze Kater, der während des ganzen Gesprächs auf dem Boden gelegen und sich das Fell geputzt hatte, stand jetzt auf und führte sie in den Flur.

Coraline ging noch einmal in ihr Zimmer und zog sich ihren blauen Morgenmantel und Pantoffeln an. Auf der Suche nach einer Taschenlampe schaute sie unter dem Waschbecken nach und fand auch eine, aber die Batterien waren schon ziemlich verbraucht und die Taschenlampe leuchtete nur noch mit einem schwachen, strohfarbenen Schimmer. Coraline legte sie wieder hin, suchte die Schachtel mit den weißen Wachskerzen-für-den-Notfall hervor und steckte eine davon in einen Kerzenhalter. Sie stopfte sich einen Apfel in jede Tasche. Dann griff sie nach dem Schlüsselbund und nahm den schwarzen Schlüssel ab.

Sie ging in die gute Stube und betrachtete die Tür. Sie hatte das Gefühl, dass die Tür sie ansah, was – wie sie genau wusste – albern war, aber auf einer tieferen Ebene wusste sie, dass es doch irgendwie stimmte.

Noch einmal ging sie in ihr Zimmer zurück und durchwühlte ihre Jeanstaschen. Sie holte den Stein mit dem Loch in der Mitte hervor und steckte ihn in die Tasche ihres Morgenmantels.

Mit einem Streichholz zündete sie den Kerzendocht an und sah zu, wie er zischte und aufflammte. Dann nahm sie den schwarzen Schlüssel in die Hand. Er fühlte sich kalt an. Sie steckte ihn ins Schlüsselloch der Tür, drehte ihn aber nicht herum.

»Als ich noch klein war«, erzählte Coraline dem Kater, »vor langer, langer Zeit, als wir noch in unserem alten Haus wohnten, ist mein Vater mit mir auf dem Ödland spazieren gegangen, das zwischen unserem Haus und dem Einkaufsviertel lag. Zum Spazierengehen war das nicht gerade der ideale Ort. Dort lagen alle möglichen Sachen herum, die irgendwelche Leute weggeworfen hatten – alte Töpfe und kaputtes Geschirr und arm- und beinlose Puppen und leere Dosen und Flaschenscherben. Ich musste Mum und Dad versprechen, dort nicht auf Entdeckungsreise zu gehen, weil es da zu viele Sachen mit scharfen Kanten gab und Tetanus und so. Aber ich lag ihnen dauernd in den Ohren damit. Also zog sich mein Dad eines Tages seine großen, braunen Stiefel an und seine Handschuhe und er steckte mich in meine Stiefel und Jeans und einen dicken Pullover und dann machten wir einen Spaziergang.

Wir liefen etwa zwanzig Minuten lang herum. Als wir gerade einen Hügel hinuntergingen, an einem Graben entlang, durch den unten ein Bach floss, sagte mein Vater plötzlich: ›Coraline – lauf weg. Den Hügel hoch. Schnell!‹ Das sagte er mit gepresster Stimme, so drängend, dass ich es machte. Ich rannte davon, den Hügel hinauf. Hinten am Arm tat mir etwas weh, aber ich lief weiter. Als ich oben auf der Kuppe angekommen war, hörte ich hinter mir jemand den Hügel hochstürmen. Das war mein Dad, der wie ein Rhinozeros drauflosraste. Er kam zu mir, hob mich hoch und rannte mit mir über die Hügelkuppe. Und dann blieben wir stehen und schauten keuchend und japsend hinunter zum Graben.

Die Luft schwirrte von gelben Wespen. Wir waren offenbar auf ein Wespennest in einem vermoderten Ast getreten. Und während ich den Hügel hochrannte, war mein Dad dort geblieben und ließ sich stechen, damit ich Zeit zum Weglaufen hatte. Beim Rennen war ihm die Brille heruntergefallen.

Ich hatte nur den einen Stich hinten am Arm. Er hatte, auf dem ganzen Körper verteilt, neununddreißig Stiche. Die haben wir später im Bad gezählt.«

Der schwarze Kater begann sich Gesicht und Schnurrhaare zu putzen, wobei die Art und Weise, wie er das machte, auf wachsende Ungeduld hinwies. Coraline langte hinunter und streichelte ihn am Hinterkopf und Nacken. Der Kater stand auf, lief ein paar Schritte, bis er außerhalb ihrer Reichweite war, ließ sich dann nieder und sah wieder zu ihr auf.

»Und dann«, sagte Coraline, »später am Nachmittag, ist mein Vater noch mal auf das Ödland gegangen, um seine Brille zu holen. Er sagte, wenn er das auf einen anderen Tag verschieben würde, wüsste er nicht mehr, wo sie ihm heruntergefallen war.

Als er kurz darauf wieder nach Hause kam, hatte er seine Brille auf. Er sagte, er hätte keine Angst gehabt, als er dastand und die Wespen ihn stachen und ihm wehtaten und er mir nachschaute, wie ich davonlief. Er wusste ja, dass er mir genügend Zeit lassen musste, weil die Wespen sich sonst auf uns beide gestürzt hätten.«

Coraline drehte den Schlüssel im Schloss. Er bewegte sich mit einem lauten *Klick.*

Die Tür ging auf.

Hinter der Tür war keine Backsteinmauer; nur Dunkelheit. Ein kalter Wind wehte durch den Gang.

»Und er sagte, es wäre nicht mutig von ihm gewesen, dass er stehen blieb und sich stechen ließ«, erzählte Coraline dem Kater. »Das war nicht mutig, weil er keine Angst gehabt hatte – ihm war ja nichts anderes übrig geblieben. Aber noch mal dort hinzugehen und seine Brille zu holen, als er schon wusste, dass die Wespen da waren, und er richtig Angst hatte – *das* war mutig.«

Sie ging den ersten Schritt in den finsteren Korridor hinein.

Sie konnte Staub und Feuchtigkeit und Moder riechen.

Der Kater lief auf leisen Pfoten neben ihr her.

»Und wieso?«, fragte der Kater, hörte sich allerdings nicht sonderlich interessiert an.

»So ist das eben«, sagte Coraline, »wenn man Angst vor etwas hat, es aber trotzdem tut – *das* ist mutig.«

Die Kerze warf riesengroße, seltsam flackernde Schatten an die Wand. Coraline hörte, wie sich in der Dunkelheit etwas bewegte – ob neben ihr oder ein Stück zur Seite, konnte sie nicht beurteilen. Was immer es auch sein mochte, es schien so, als hielte es Schritt mit ihr.

»Und deshalb gehst du wieder in *ihre* Welt zurück?«, fragte der Kater. »Weil dein Vater dich einmal vor den Wespen gerettet hat?«

»Sei nicht so blöd«, sagte Coraline. »Ich gehe ihretwegen zurück, weil sie meine Eltern sind. Und wenn sie bemerken würden, dass ich verschwunden bin, würden sie für mich bestimmt dasselbe tun. Weißt du eigentlich, dass du wieder sprichst?«

»Was habe ich doch für ein Glück«, sagte der Kater, »in Gesellschaft einer so weisen und intelligenten Gefährtin unterwegs zu sein.« Sein Tonfall blieb spöttisch, aber er sträubte das Fell und an seinem Schwanz standen die Haare hoch.

Coraline wollte gerade etwas sagen, so was wie *Entschuldige* oder *War der Weg das letzte Mal nicht viel kürzer?*, aber da ging die Kerze so plötzlich aus, als wäre sie von unsichtbarer Hand gelöscht worden.

Huschen und Trappeln war zu hören, und Coraline spürte, wie ihr das Herz gegen die Rippen pochte. Sie streckte eine Hand aus – und etwas Dünnes, Zartes strich ihr wie Spinnweben über die Hände und das Gesicht.

Am Ende des Korridors ging das elektrische Licht an, verbreitete grelle Helligkeit nach dem Dunkel. Ein Stück vor Coraline stand eine Frau, die vor dem Licht nur als Silhouette zu erkennen war.

»Coraline? Liebling?«, rief sie.

»Mum!«, sagte Coraline. Sie war zutiefst erleichtert und lief voller Eifer auf sie zu.

»Liebling«, sagte die Frau, »wieso bist du denn vor mir weggelaufen?«

Coraline war schon zu nahe, um noch anhalten zu können, und die kalten Arme der anderen Mutter umschlangen sie. Steif und zitternd stand sie da, während die andere Mutter sie ganz fest drückte.

»Wo sind meine Eltern?«, fragte Coraline.

»Wir sind doch hier«, sagte ihre andere Mutter mit einer Stimme, die der ihrer richtigen Mutter so ähnlich war, dass Coraline sie kaum unterscheiden konnte. »Wir sind hier. Und wir wollen dich lieben und mit dir spielen und dir zu essen geben und dein Leben interessant machen.«

Coraline wich zurück und die andere Mutter ließ sie widerstrebend los.

Der andere Vater, der im Flur auf einem Stuhl gesessen hatte, stand auf und lächelte. »Komm in die Küche«, sagte er. »Ich mache uns einen Mitternachtsimbiss. Und du möchtest doch bestimmt etwas zu trinken – einen schönen, heißen Kakao vielleicht?«

Coraline ging den Flur entlang, bis sie ganz hinten zum Spiegel kam. Das Spiegelbild zeigte nichts als ein Mädchen mit Morgenmantel und Pantoffeln. Das Mädchen sah aus, als hätte es vor kurzem geweint, aber es hatte richtige Augen, keine schwarzen Knöpfe, und es hielt eine erloschene Kerze in einem Kerzenhalter fest in der Hand.

Sie betrachtete das Mädchen im Spiegel und das Mädchen im Spiegel erwiderte ihren Blick.

Ich will mutig sein, dachte Coraline. *Nein, ich bin mutig.*

Sie stellte den Kerzenhalter ab und drehte sich um. Die andere Mutter und der andere Vater sahen sie mit hungrigem Verlangen an.

»Ich brauche keinen Imbiss«, sagte sie. »Ich hab einen Apfel dabei. Seht ihr?« Und sie holte aus der Tasche ihres Morgenmantels einen Apfel und biss mit einer Lust und Begeisterung hinein, die sie nicht wirklich empfand.

Der andere Vater machte ein enttäuschtes Gesicht. Die andere Mutter lächelte. Dabei wurde ihr vollständiges Gebiss sichtbar und jeder einzelne Zahn war ein klein wenig zu lang. Die Lampen im Flur ließen ihre schwarzen Knopfaugen funkeln und glitzern.

»Ihr macht mir keine Angst«, sagte Coraline, obwohl sie in Wirklichkeit große Angst vor ihnen hatte. »Ich will meine Eltern wiederhaben.«

Es kam ihr so vor, als würde die Welt an den Rändern leicht flimmern.

»Was sollte ich denn mit deinen komischen alten Eltern anfangen? Wenn sie dich verlassen haben, Coraline, dann deshalb, weil sie dich leid waren oder weil du ihnen langweilig geworden bist. Also, mir wirst du niemals langweilig werden und ich werde dich nie verlassen. Hier bei mir wirst du immer sicher und geborgen sein.« Die schwarzen Haare der anderen Mutter sahen immer so aus, als wären sie nass, und sie wanden sich um ihren Kopf wie die Tentakel eines Meereswesens im tiefen Ozean.

»Ich bin ihnen nicht langweilig geworden«, sagte Coraline. »Du lügst. Ihr habt sie gestohlen.«

»So was Dummes, Coraline. Es geht ihnen gut, wo immer sie auch sein mögen.«

Coraline sagte nichts und funkelte ihre andere Mutter nur böse an.

»Das kann ich dir beweisen«, sagte die andere Mutter und strich mit ihren langen, weißen Fingern über den Spiegel. Er trübte sich, als hätte ein Drache ihn angehaucht, und wurde dann wieder klar.

Im Spiegel war es schon Tag. Coraline konnte den ganzen Flur entlang bis zur Eingangstür sehen. Die Tür wurde von außen geöffnet und Coralines Eltern kamen herein. Sie hatten Koffer dabei.

»Das war ein schöner Urlaub«, sagte Coralines Vater.

»Es ist doch sehr angenehm, Coraline los zu sein«, sagte ihre Mutter mit einem glücklichen Lächeln. »Jetzt können wir all das tun, zum Beispiel ins Ausland reisen, was wir immer schon machen wollten, woran wir aber gehindert wurden, weil wir eine kleine Tochter hatten.«

»Und«, sagte ihr Vater, »es ist doch ein großer Trost, zu wissen, dass ihre andere Mutter besser für sie sorgt, als wir es jemals gekonnt hätten.«

Der Spiegel beschlug und verblasste und zeigte wieder nur die Nacht.

»Siehst du?«, sagte ihre andere Mutter.

»Nein«, sagte Coraline. »Ich seh's nicht. Und ich glaub's auch nicht.«

Sie hoffte, dass das, was sie gesehen hatte, nicht echt war, aber sie war nicht so sicher, wie sie klang. In ihr nagte ein kleiner Zweifel wie ein Wurm in einem Apfel, ganz innen im Kerngehäuse. Dann schaute sie auf und sah den Gesichtsausdruck ihrer anderen Mutter. Echter Zorn flammte darin auf, zuckte wie ein Blitz im Sommergewitter über ihr Gesicht, und da hatte Coraline die Gewissheit im Herzen, dass das, was sie im Spiegel gesehen hatte, nur eine Täuschung war.

Coraline setzte sich aufs Sofa und aß ihren Apfel.

»Bitte«, sagte ihre andere Mutter. »Mach keine Schwierigkeiten.« Sie ging in die gute Stube und klatschte zweimal in die Hände. Es raschelte und eine schwarze Ratte kam zum Vorschein. Die Ratte sah zu ihr hoch. »Hol mir den Schlüssel«, sagte ihre andere Mutter.

Die Ratte kicherte und lief durch die offene Tür, die zu Coralines Wohnung führte.

Als die Ratte wiederkam, zerrte sie den Schlüssel hinter sich her.

»Warum habt ihr auf dieser Seite keinen eigenen Schlüssel?«, fragte Coraline.

»Es gibt nur den einen Schlüssel. Nur eine Tür«, sagte ihr anderer Vater.

»Pst«, sagte ihre andere Mutter. »Du darfst unserem Coraline-Liebling mit solchen Nichtigkeiten nicht den Kopf belasten.« Sie steckte den Schlüssel ins Schlüsselloch und drehte ihn um. Das Schloss klemmte, klickte aber zu.

Danach verwahrte sie den Schlüssel in ihrer Schürzentasche.

Draußen begann sich der Himmel zu einem strahlenden Grau zu erhellen.

»Auch wenn wir keinen Mitternachtsimbiss zu uns nehmen«, sagte die andere Mutter, »brauchen wir doch unseren Schönheitsschlaf. Ich geh wieder ins Bett, Coraline. Und ich würde dir sehr empfehlen, das auch zu tun.«

Sie legte ihrem anderen Vater ihre langen, weißen Finger auf die Schultern und dirigierte ihn zum Zimmer hinaus.

Coraline ging zu der Tür in der hintersten Ecke der guten Stube. Sie rüttelte daran, aber sie war fest verschlossen. Die Tür zum Schlafzimmer ihrer anderen Eltern war jetzt zu.

Sie war tatsächlich müde, wollte aber nicht hier schlafen. Sie wollte nicht unter demselben Dach schlafen wie ihre andere Mutter.

Die Haustür war nicht abgeschlossen. Coraline trat in die Morgendämmerung hinaus und ging die Steintreppe hinunter. Sie setzte sich auf die unterste Stufe. Es war kalt.

Mit einer einzigen, verstohlenen Bewegung schmiegte sich etwas Pelziges an sie. Coraline fuhr zusammen und atmete erleichtert auf, als sie sah, was es war.

»Ach, du bist's«, sagte sie zu dem schwarzen Kater.

»Siehst du?«, sagte der Kater. »Es war doch gar nicht so schwer, mich wieder zu erkennen, oder? Auch ohne Namen.«

»Na, und was ist, wenn ich dich rufen möchte?«

Der Kater rümpfte die Nase und gab sich unbeeindruckt. »Katzen zu rufen«, vertraute er ihr an, »ist etwas, was allgemein ziemlich überschätzt wird. Genauso gut könnte man einen Wirbelwind herbeirufen wollen.«

»Und wenn es Essenszeit ist?«, fragte Coraline. »Würdest du dann nicht gerufen werden wollen?«

»Doch, natürlich«, sagte der Kater. »Aber da genügt völlig der schlichte Ruf ›Essen kommen!‹. Siehst du? Namen sind nicht nötig.«

»Warum will sie mich haben?«, fragte Coraline den Kater. »Warum will sie, dass ich bei ihr bleibe?«

»Ich glaube, sie möchte etwas zum Liebhaben«, sagte der Kater. »Etwas, das nicht sie selbst ist. Vielleicht will sie auch etwas zum Essen. Bei solchen Wesen lässt sich das nur schwer beurteilen.«

»Kannst du mir einen Rat geben?«, fragte Coraline.

Der Kater machte ein Gesicht, als wollte er noch etwas Spöttisches sagen. Dann schlenkerte er seinen Schnurrbart und sagte: »Fordere sie heraus. Du hast keine Garantie, dass sie fair spielt und sich an die Spielregeln hält, aber Wesen wie sie lieben Spiele und Herausforderungen.«

»Was sind das für Wesen?«, fragte Coraline.

Der Kater gab ihr jedoch keine Antwort. Er streckte sich nur ausgiebig und spazierte davon. Dann blieb er stehen, drehte sich um und sagte: »An deiner Stelle würde ich ins Haus gehen. Sieh zu, dass du noch etwas Schlaf kriegst. Du hast einen langen Tag vor dir.«

Und dann war der Kater weg. Aber seine Abschiedsworte waren ein Argument, und Coraline erkannte, dass er Recht hatte. Sie schlich sich wieder in das stille Haus, an der geschlossenen Schlafzimmertür vorbei, hinter der ihre anderen Eltern . . . was taten? Schlafen? Warten? Und dann ging ihr auf, dass sie das Zimmer leer vorfinden würde, wenn sie die Tür aufmachte. Oder genauer: Das Zimmer war leer und es würde haargenau so lange leer bleiben, bis sie die Tür aufmachte.

Das machte es irgendwie leichter. Coraline ging in die grün-pinkfarbene Parodie ihres eigenen Zimmers. Sie machte die Tür zu und schleifte die Spielzeugkiste davor – die würde zwar niemanden am Hereinkommen hindern, aber sie hoffte, dass der Lärm sie wecken würde, wenn jemand versuchen sollte, die Kiste wegzuschieben.

Die meisten Spielsachen in der Spielzeugkiste schliefen noch. Sie regten sich und brummelten etwas, als sie die Kiste verrückte, schliefen dann aber wieder ein. Coraline sah unter dem Bett nach. Sie hielt nach Ratten Ausschau, aber es war nichts da.

Sie zog den Morgenmantel und die Pantoffeln aus, stieg ins Bett und schlief so schnell ein, dass ihr kaum genug Zeit blieb, um darüber nachzudenken, was der Kater damit gemeint hatte, als er von *Herausfordern* sprach.

6.

Coraline wurde von der Morgensonne wach, die ihr voll ins Gesicht schien.

Im ersten Augenblick war sie völlig desorientiert. Sie wusste nicht, wo sie war, und war sich nicht mal so ganz sicher, *wer* sie war. Es ist erstaunlich, wie viel von dem, was wir sind, von den Betten abhängt, in denen wir morgens aufwachen, und es ist erstaunlich, wie zerbrechlich das sein kann.

Manchmal vergaß Coraline, wer sie war, wenn sie ins Träumen geriet und sich vorstellte, dass sie die Arktis erforschte oder den Regenwald am Amazonas oder das dunkelste Afrika, und erst wenn ihr jemand auf die Schulter tippte oder sie ansprach, kehrte sie mit einem Ruck aus einer Entfernung von Millionen von Meilen zurück. Dann musste sie sich im Bruchteil einer Sekunde daran erinnern, wer sie war, wie sie hieß und dass sie überhaupt da war.

Jetzt schien ihr die Sonne ins Gesicht und sie war Coraline Jones. Ja. Und aus dem Grün und Pink in dem Zimmer, in dem sie sich befand, und dem Rascheln eines großen, bunt bemalten Papierschmetterlings, der oben an der Decke herumflatterte, konnte sie sich erschließen, wo sie aufgewacht war.

Sie stieg aus dem Bett und rang sich dazu durch, dass sie tagsüber nicht in Schlafanzug, Morgenmantel und Pantoffeln herumlaufen konnte, selbst wenn das hieß, dass sie die Sachen der anderen Coraline tragen musste. (Gab es eine andere Coraline? Ihr wurde klar, dass es keine andere gab. Nur sie.) Im Schrank war aber keine normale Kleidung. Es waren eher Sachen zum Verkleiden oder (wie sie fand) die Art von Kleidung, die sie liebend gern zu Hause in ihrem eigenen Schrank gehabt hätte: ein zerlumptes Hexenkostüm; ein Vogelscheuchenkostüm mit vielen Flicken; ein Zukunftskostüm mit kleinen Digital-Lämpchen, die glitzerten und blinkten, und ein gewagtes Abendkleid, das über und über mit Federn und kleinen Spiegelchen bedeckt war.

Schließlich entdeckte sie in einer Schublade eine schwarze Jeans, die aussah, als bestünde der Stoff aus samtiger Nacht, und dazu einen grauen Pullover in der Farbe von dickem Qualm, mit kleinen, nur ganz leicht angedeuteten, aber hell funkelnden Sternen im Gewebe.

Sie zog die Jeans und den Pullover an. Dann schlüpfte sie in ein Paar leuchtend orangefarbene Stiefel, die sie unten im Schrank gefunden hatte.

Aus der Tasche ihres Morgenmantels holte sie ihren

letzten Apfel, und aus derselben Tasche fischte sie auch den Stein mit dem Loch in der Mitte.

Sie steckte den Stein in die Jeanstasche, und es war, als würde sie etwas klarer im Kopf. Als hätte sich ein Nebel um sie gelichtet.

Sie ging in die Küche, die jedoch verlassen dalag.

Dennoch war sie überzeugt davon, dass jemand in der Wohnung war. Sie ging den Flur entlang, bis sie zum Arbeitszimmer ihres Vaters kam und entdeckte, dass es belegt war.

»Wo ist die andere Mutter?«, fragte sie ihren anderen Vater.

Er saß im Arbeitszimmer an einem Schreibtisch, der genauso aussah wie der Schreibtisch ihres Vaters, aber er tat nichts, las noch nicht mal in Gartenkatalogen, wie es ihr Vater machte, wenn er nur so tat, als würde er arbeiten.

»Draußen«, sagte er. »Sie macht die Türen dicht. Wir haben nämlich ein Schädlingsproblem.« Er schien sich darüber zu freuen, jemanden zum Reden zu haben.

»Du meinst die Ratten?«

»Nein, die Ratten sind unsere Freunde. Es geht um diesen anderen. So ein großer schwarzer Kerl mit hochgerecktem Schwanz.«

»Du meinst den Kater?«

»Genau den«, sagte ihr anderer Vater.

Heute sah er ihrem wahren Vater weniger ähnlich.

Sein Gesicht hatte irgendwie etwas Konturloses – wie Brotteig, der aufgeht und bei dem sich dabei die Beulen und Risse und Vertiefungen glätten.

»Eigentlich darf ich gar nicht mit dir reden, wenn sie nicht da ist«, sagte er. »Aber keine Sorge – es wird nicht oft vorkommen, dass sie nicht da ist. Und ich werde dir unsere Gastfreundschaft so hingebungsvoll vorführen, dass du gar nicht auf die Idee kommst, je wieder von hier wegzugehen.« Er klappte den Mund zu und faltete die Hände im Schoß.

»Also, was soll ich jetzt machen?«, fragte Coraline.

Der andere Vater zeigte auf seine Lippen. *Schweigen.*

»Wenn du nicht mal mit mir redest«, sagte Coraline, »dann zieh ich eben auf Erkundungsgang los.«

»Zwecklos«, sagte der andere Vater. »Außer hier gibt es nichts. Sie hat nur das gemacht: das Haus, das Grundstück und die Leute im Haus. Das hat sie gemacht und einfach abgewartet.« Dann legte er verlegen den Finger an die Lippen, als hätte er schon zu viel gesagt.

Coraline verließ sein Arbeitszimmer. Sie ging in die gute Stube und zu der alten Tür, zog daran, rüttelte und zerrte. Nein, sie war fest verschlossen und die andere Mutter hatte den Schlüssel.

Sie sah sich im Zimmer um. Es war ihr so vertraut – das war ja gerade das Seltsame daran. Alles war haargenau so, wie sie es in Erinnerung hatte. Die komisch riechenden Möbel ihrer Großmutter waren hier, das Bild von der Obstschale (Trauben, zwei Pflaumen, ein Pfirsich und ein Apfel) hing an der Wand, es gab den niedrigen Couchtisch mit den Löwentatzen und den leeren Kamin, der alle Wärme aus dem Zimmer zu saugen schien.

Aber es war noch etwas da. Etwas, bei dem sie sich nicht daran erinnern konnte, es schon mal gesehen zu haben. Eine Glaskugel oben auf dem Kaminsims.

Sie ging zum Kamin, stellte sich auf Zehenspitzen und holte das Ding herunter. Es war eine Schneekugel mit zwei kleinen Figürchen darin. Coraline schüttelte sie und ließ es schneien – weißer Schnee, der glitzernd durchs Wasser wirbelte.

Dann stellte sie die Schneekugel wieder auf den Kaminsims und suchte weiter nach ihren wahren Eltern und nach einem Ausweg.

Sie verließ die Wohnung, ging an der Tür mit den blinkenden Lämpchen vorbei, hinter der die andere Miss Spink und die andere Miss Forcible in ihrer immerwährendenVorstellung auftraten, und machte sich auf den Weg in den Wald.

Wo Coraline herkam, konnte man nur die Wiese und den alten Tennisplatz sehen, wenn man durch das Wäldchen gegangen war. Hier jedoch erstreckte sich der Wald weiter, und je weiter man kam, desto unfertiger wurden die Bäume und sahen immer weniger nach Bäumen aus.

Bald wirkten sie nur noch wie eine Annäherung daran, eher wie bloße Vorstellung von Bäumen: unten ein graubrauner Stamm, darüber ein grüner Klecks, der möglicherweise aus Blättern bestand.

Coraline fragte sich, ob ihre andere Mutter sich nicht für Bäume interessierte oder ob sie sich mit diesem Teil einfach nur keine richtige Mühe gegeben hatte, weil es nicht geplant war, dass jemand so weit vordrang.

Sie ging weiter.

Und dann setzte der Nebel ein.

Er war nicht feucht wie ein normaler Nebel oder Dunst. Er war nicht kalt und er war nicht warm. Coraline hatte das Gefühl, dass sie ins Nichts hineinlief.

Ich bin Entdeckerin, hielt sie sich selbst vor. *Und um hier rauszukommen, brauche ich jeden Weg, den ich nur finden kann. Also geh ich immer weiter.*

Die Welt, durch die sie ging, war ein fahles Nichts, wie ein leeres Blatt Papier oder ein riesengroßer, leerer weißer Raum. Was um sie herum war, hatte keine Temperatur, keinen Geruch, keine Struktur und keinen Geschmack.

Nebel ist es jedenfalls nicht, dachte Coraline, ohne jedoch sagen zu können, was es war. Einen Augenblick lang überlegte sie, ob sie womöglich erblindet war. Aber nein, sich selbst konnte sie klar und deutlich sehen. Doch unter ihren Füßen war kein Boden, nur nebliges, milchiges Weiß.

»Was treibst du denn hier?«, sagte eine Gestalt neben ihr.

Es dauerte ein bisschen, bis ihre Augen richtig erkennen konnten, worum es sich handelte. Zuerst hielt sie es für einen Löwen, der sich in einiger Entfernung von ihr befand; dann hielt sie es für eine Maus dicht neben ihr. Und dann wusste sie, was es war.

»Ich mache einen Erkundungsgang«, teilte Coraline dem Kater mit.

Sein Fell war so gesträubt, dass die Haare senkrecht vom Körper abstanden, und er hatte die Augen weit aufgerissen, während sein Schwanz nach unten hing und zwischen die Beine geklemmt war. Er sah absolut nicht nach einer glücklichen Katze aus.

»Ein böser Ort«, sagte der Kater. »Falls man's überhaupt als Ort bezeichnen kann, was ich verneinen würde. Was machst du hier?«

»Ich mache einen Erkundungsgang.«

»Hier gibt's nichts zu erkunden«, sagte der Kater. »Das ist einfach nur das Draußen, der Teil des Orts, bei dem *sie* sich die Mühe erspart hat, ihn überhaupt zu erschaffen.«

»Sie?«

»Diejenige, die behauptet, deine andere Mutter zu sein«, sagte der Kater.

»Was *ist* sie?«

Der Kater gab keine Antwort, lief einfach nur neben Coraline durch den Nebel.

Vor ihnen tauchten Umrisse auf, Umrisse von etwas Großem, Dunklem, alles Überragendem.

»Du hast dich geirrt!«, sagte Coraline zum Kater. »Da ist doch etwas!«

Und dann nahmen die Umrisse im Nebel Gestalt an: ein dunkles Haus, das aus dem formlosen Weiß vor ihnen aufragte.

»Aber das ist doch –«, sagte Coraline.

»Das Haus, aus dem du gerade weggegangen bist«, bestätigte der Kater. »Genau.«

»Vielleicht bin ich im Nebel in die entgegengesetzte Richtung geraten«, sagte Coraline.

Der Kater bog die Schwanzspitze zu einem Fragezeichen und legte den Kopf schief. *»Dir* kann das passiert sein«, sagte er. »Aber *mir* bestimmt nicht. Von wegen geirrt!«

»Aber wie kann man von etwas weggehen und trotzdem darauf zugehen?«

»Das ist doch kinderleicht«, sagte der Kater. »Stell dir vor, dass jemand um die Welt läuft. Da fängt man auch damit an, dass man von etwas weggeht, und kehrt schließlich doch wieder genau dahin zurück.«

»Eine kleine Welt«, sagte Coraline.

»Für sie ist sie groß genug«, sagte der Kater. »Ein Spinnennetz muss nur gerade so groß sein, dass man Fliegen darin fangen kann.«

Coraline schauderte.

»Er hat gesagt, dass sie alle Türen und Eingänge dichtmacht«, erzählte sie dem Kater, »damit du nicht mehr hineinkommst.«

»Versuchen kann sie es ja«, sagte der Kater unbeeindruckt. »Ach ja. Soll sie's nur versuchen.« Sie standen jetzt unter einer Baumgruppe am Haus. Diese Bäume sahen schon viel besser aus als die im Wald. »Solche Orte haben Zugänge und Ausgänge, von denen nicht mal *sie* etwas weiß.«

»Hat sie das Haus denn gemacht?«, fragte Coraline.

»Gemacht, gefunden – was spielt das schon für eine Rolle?«, sagte der Kater. »So oder so hat sie es jedenfalls schon sehr lange. Warte mal . . .« Ein Zucken durchlief ihn, dann machte er einen Satz, und ehe Coraline sich's versah, hockte der Kater da und drückte eine große schwarze Ratte zu Boden. »Selbst unter den günstigsten Umständen ist es ja nicht so, dass ich Ratten leiden könnte«, sagte der Kater im Plauderton, als wäre gar nichts vorgefallen. »Aber alle Ratten hier sind ihre Spione. Sie setzt sie als ihre Augen und Hände ein . . .« Und damit ließ der Kater die Ratte los.

Die Ratte rannte ein paar Meter und dann stürzte sich der Kater mit einem Satz auf sie, hielt sie mit einer Pfote fest und schlug mit den spitzen Krallen der anderen Pfote kräftig auf sie ein. »Dieser Teil gefällt mir besonders«, sagte der Kater vergnügt. »Soll ich's noch mal machen? Willst du's sehen?«

»Nein«, sagte Coraline. »Warum tust du das? Du quälst sie doch.«

»Mhm«, sagte der Kater. Er ließ die Ratte los.

Die Ratte stolperte benommen ein paar Schritte vorwärts und fing dann an zu rennen. Mit einem Schlag beförderte der Kater sie in die Luft und fing sie mit dem Maul auf.

»Hör auf damit!«, sagte Coraline.

Der Kater ließ die Ratte zwischen seine Vorderpfoten fallen. »Manche Leute«, sagte er seufzend, mit einer Stimme, die so glatt wie geölte Seide war, »vertreten die Ansicht, dass die Neigung einer Katze, mit der Beute zu spielen, durchaus etwas Barmherziges hat. Schließlich kommt es dadurch gelegentlich mal vor, dass so ein komischer, flitzender kleiner Imbiss entwischen kann. Wie oft hat dein Essen die Chance, dir zu entkommen?«

Und dann hob er die Ratte mit den Zähnen auf und trug sie in den Wald davon, hinter einen Baum.

Coraline ging wieder ins Haus.

Alles war still und leer und verlassen. Sogar ihre Schritte auf dem Teppich kamen ihr laut vor. In einem Sonnenstrahl tanzten Staubkörnchen.

Hinten im Flur war der Spiegel. Sie konnte sich selbst darin sehen, wie sie auf den Spiegel zuging. Ihr Spiegelbild sah etwas mutiger aus, als sie sich tatsächlich fühlte. Sonst war nichts im Spiegel. Nur sie im Korridor.

Sie spürte eine Hand an der Schulter und schaute auf.

Aus großen, schwarzen Knopfaugen sah die andere Mutter auf sie herab.

»Coraline, mein Liebling«, sagte sie. »Ich dachte, wir könnten heute Vormittag etwas spielen. Jetzt, wo du von deinem Spaziergang zurück bist. Himmel und Hölle? Ein Kartenspiel? Monopoly?«

»Du warst nicht im Spiegel«, sagte Coraline.

Die andere Mutter lächelte. »Spiegeln«, sagte sie, »kann man nicht trauen. Also, was wollen wir spielen?«

Coraline schüttelte den Kopf. »Ich will nicht mit dir spielen«, sagte sie. »Ich will nach Hause und ich will bei meinen richtigen Eltern sein. Lass sie doch frei. Lass uns alle gehen.«

Die andere Mutter schüttelte den Kopf, wiegte ihn langsam hin und her. »Wie es schärfer nagt als Schlangenzahn«, sagte sie, »ein undankbares Kind zu haben. Doch Liebe vermag auch den stolzesten Starrsinn zu brechen.« Und sie wackelte mit ihren langen, weißen Fingern, streichelte die Luft mit ihnen.

»Ich habe nicht vor, dich zu lieben«, sagte Coraline. »Egal, was kommt. Du kannst mich nicht zwingen, dich lieb zu haben.«

»Reden wir doch darüber«, sagte die andere Mutter und sie machte kehrt und ging ins Wohnzimmer. Coraline folgte ihr.

Die andere Mutter setzte sich auf das große Sofa. Sie

nahm eine Einkaufstasche, die neben dem Sofa stand, und holte eine raschelnde weiße Papiertüte heraus.

Sie hielt Coraline die Hand mit der Tüte hin. »Möchtest du eine?«, fragte sie höflich.

Coraline dachte, dass Karamellen oder Pralinen darin waren, und schaute hinein. Doch die Tüte war halb voll mit großen, glänzenden Küchenschaben, die sich nach Kräften bemühten, aus der Tüte zu entkommen, und dabei kreuz und quer übereinander krabbelten.

»Nein«, sagte Coraline, »ich möchte keine.«

»Wie du willst«, sagte ihre andere Mutter. Sorgfältig klaubte sie eine besonders große und schwarze Küchenschabe heraus, riss ihr die Beine aus (die sie säuberlich in einem großen Glasaschenbecher auf dem kleinen Tischchen neben dem Sofa ablegte) und steckte sich die Schabe in den Mund. Sie kaute selig darauf herum.

»Lecker«, sagte sie und nahm sich noch eine.

»Du bist ja krank«, sagte Coraline. »Krank und böse und grausig.«

»Redet man so mit seiner Mutter?«, fragte ihre andere Mutter, den Mund voller Küchenschaben.

»Du bist nicht meine Mutter«, sagte Coraline.

Ihre andere Mutter ging nicht darauf ein. »Also, ich glaube, du bist ein bisschen überdreht, Coraline. Vielleicht sollten wir heute Nachmittag ein wenig sticken oder mit Wasserfarben malen. Dann Abendessen, und wenn du artig warst, darfst du vor dem Schlafengehen noch mit den Ratten spielen. Und ich lese dir eine Geschichte vor und decke dich zu und gebe dir einen Gutenachtkuss.« Ihre langen, weißen Finger flatterten wie ein müder Schmetterling sacht hin und her und Coraline schauderte.

»Nein«, sagte Coraline.

Die andere Mutter saß auf dem Sofa und kniff die Lippen so fest zusammen, dass ihr Mund nur noch ein dünner Strich war. Sie steckte sich noch eine Küchenschabe in den Mund und dann noch eine, ganz so, wie man es mit einer Tüte Schoko-Rosinen machen würde. Ihre großen, schwarzen Knopfaugen waren auf Coralines haselnussbraune Augen geheftet. An ihrem Hals und den Schultern drehten und wanden sich ihre glänzenden schwarzen Haare, als flatterten sie in einem Wind, den Coraline nicht spüren konnte.

Über eine Minute lang starrten sie einander an. Dann sagte die andere Mutter: »Was sind das für Manieren!« Sie faltete die weiße Papiertüte sorgfältig zusammen, damit keine Küchenschabe entkommen konnte, und legte sie wieder in die Einkaufstasche. Dann stand sie auf, schraubte sich immer höher und höher – sie wirkte jetzt größer, als Coraline sie in Erinnerung hatte. Sie langte in ihre Schürzentasche und holte zuerst den schwarzen Türschlüssel hervor, betrachtete ihn mit gerunzelter Stirn und warf ihn in ihre Einkaufstasche. Danach fischte sie einen winzig kleinen Silberschlüssel heraus und hielt ihn triumphierend hoch. »Da haben wir ihn ja!«, sagte sie. »Das tue ich nur für dich, Coraline. Zu deinem Besten. Weil ich dich lieb habe. Deshalb bringe ich dir Benimm bei. Eine gute Kinderstube ist schließlich das A und O.«

Sie zog Coraline in den Flur hinaus, zum Spiegel am Ende des Flurs. Dann steckte sie den kleinen Schüssel in die Spiegelfläche und *drehte ihn um*.

Der Spiegel öffnete sich wie eine Tür und gab den Blick auf einen dunklen Raum dahinter frei.

»Wenn du gelernt hast, wie man sich benimmt, darfst du wieder herauskommen«, sagte die andere Mutter. »Und wenn du bereit bist eine liebevolle Tochter zu sein.«

Sie hob Coraline hoch und stieß sie in den spärlich beleuchteten Raum hinter dem Spiegel. An ihrer Unterlippe klebte ein kleines Stück Küchenschabe und ihre schwarzen Knopfaugen waren völlig ausdruckslos.

Dann schlug sie die Spiegeltür zu und ließ Coraline in der Dunkelheit allein.

7.

Coraline konnte spüren, wie sich irgendwo in ihrem Inneren ein gewaltiges Schluchzen Bahn brach. Und sie unterdrückte es, bevor es herauskam. Sie holte tief Luft und stieß sie wieder aus. Dann streckte sie die Hände aus und tastete den Raum ab, in dem sie gefangen war. Er war etwa so groß wie eine Besenkammer: hoch genug, um darin zu stehen oder zu sitzen, aber nicht breit oder tief genug, um sich hinzulegen.

Eine Wand bestand aus Glas und fühlte sich kalt an.

Ein zweites Mal ging Coraline den kleinen Raum durch und fuhr mit den Händen über jede Fläche, die sie erreichen konnte, tastete nach Türklinken oder Schaltern oder verborgenen Schnappschlössern – nach irgendeiner Möglichkeit, hier herauszukommen – und fand nichts.

Eine Spinne huschte ihr über den Handrücken und Coraline würgte einen Schrei hinunter. Doch abgesehen von der Spinne war sie allein im Stockdunkel der Kammer.

Und dann streifte ihre Hand etwas, was sich haargenauso anfühlte wie kleine, kalte Lippen und eine Wange, und eine Stimme flüsterte ihr ins Ohr: »Pst! Ganz still! Sag nichts. Es könnte sein, dass die alte Vettel uns belauscht.«

Coraline machte keinen Mucks.

Sie spürte eine kalte Hand an ihrem Gesicht und Finger, die wie der zarte Flügelschlag eines Nachtfalters sacht darüber glitten.

Eine andere Stimme, so zaghaft und schwach, dass Coraline nicht sicher war, ob sie sich das nur einbildete, fragte: »Bist du – bist du *lebendig?*«

»Ja«, flüsterte Coraline.

»Armes Kind«, sagte die erste Stimme.

»Wer seid ihr?«, flüsterte Coraline.

»Namen, Namen, Namen«, sagte eine dritte Stimme, die ganz verloren klang, wie von weit her. »Die Namen verschwinden als Erstes, nachdem der Atem vergangen ist und der Herzschlag. Wir behalten unsere Erinnerungen länger als unsere Namen. Ich sehe immer noch Bilder von meiner Gouvernante vor mir, wie sie an einem Maimorgen meinen Reifen und das Stöckchen dazu trägt und hinter ihr die Morgensonne am Himmel steht und die Tulpen sich im Wind wiegen. Aber ich weiß nicht mehr, wie die Gouvernante hieß, und ich habe auch die Namen der Tulpen vergessen.«

»Ich glaube, Tulpen haben gar keine Namen«, sagte Coraline. »Sie sind einfach nur Tulpen.«

»Mag sein«, sagte die Stimme traurig. »Aber ich war immer der Ansicht, dass diese Tulpen Namen gehabt haben müssen. Sie waren rot, und orangefarben und rot, und rot und orangefarben und gelb, wie die Glut im Kamin im Kinderzimmer an einem Winterabend. Ich kann mich noch an sie erinnern.«

Die Stimme klang so traurig, dass Coraline die Hand in die Richtung ausstreckte, aus der die Stimme kam. Und sie fand eine kalte Hand und drückte sie ganz fest.

Allmählich gewöhnten sich ihre Augen an das Dunkel. Jetzt sah Coraline – oder bildete sich zumindest ein, sie zu sehen – drei Gestalten, die so fahl und undeutlich waren wie der Mond am Taghimmel. Es waren die Gestalten von Kindern, die ungefähr ihre Größe hatten.

Die kalte Hand erwiderte den Druck. »Danke«, sagte die Stimme.

»Bist du ein Mädchen?«, fragte Coraline. »Oder ein Junge?«

Eine Pause trat ein. »Als ich klein war, hatte ich lange, gelockte Haare und trug Röcke«, sagte die Stimme dann unsicher. »Aber jetzt, wo du fragst, kommt es mir so vor, als hätte man mir eines Tages die Röcke weggenommen und mir stattdessen Hosen gegeben und die Haare abgeschnitten.«

»Über so was machen wir uns keine Gedanken«, sagte die erste Stimme.

»Dann vielleicht doch ein Junge«, fuhr die Stimme der

Gestalt fort, deren Hand sie hielt. »Ich glaube, ich war einmal ein Junge.« Und die Umrisse strahlten jetzt ein wenig heller in die Finsternis der Kammer hinter dem Spiegel.

»Was ist mit euch passiert?«, fragte Coraline. »Wie seid ihr hierher gekommen?«

»Sie hat uns hier zurückgelassen«, sagte eine der Stimmen. »Sie hat unsere Herzen und Seelen gestohlen und unser Leben geraubt und sie hat uns hierher gebracht und uns in der Dunkelheit vergessen.«

»Ihr Ärmsten«, sagte Coraline. »Wie lange seid ihr schon da?«

»So lange schon«, sagte eine Stimme.

»Ja. Eine Zeitspanne, die sich gar nicht ermessen lässt«, sagte eine andere Stimme.

»Ich bin durch die Tür in der Spülküche gegangen«, sagte die Stimme der Gestalt, die glaubte, einmal ein Junge gewesen zu sein, »und stellte fest, dass ich wieder im Salon war. Aber dort wartete *sie* auf mich. Sie sagte mir, sie wäre meine andere Mama, aber meine echte Mama habe ich nie mehr wieder gesehen.«

»Flieh!«, sagte die allererste Stimme – ein Mädchen, wie Coraline vermutete. »Flieh, solange du noch Luft in der Lunge hast und Blut in deinen Adern und Wärme im Herzen. Flieh, solange du noch deinen Geist und deine Seele hast.«

»Ich laufe auf gar keinen Fall weg«, sagte Coraline.

»Sie hat meine Eltern. Die will ich holen; deshalb bin ich noch mal hergekommen.«

»Ach, aber sie wird dich hier behalten, während die Tage zu Staub zerfallen und das Laub von den Bäumen fällt und die Jahre vergehen, eins nach dem anderen, wie das Ticken einer Uhr.«

»Nein«, sagte Coraline. »Das wird sie nicht tun.«

In der Kammer hinter dem Spiegel herrschte Schweigen.

»Gesetzt den Fall«, sagte dann eine Stimme aus der Dunkelheit, »dass du deine Mama und deinen Papa aus der Gewalt der alten Vettel zurückholen kannst, dann kannst du vielleicht auch unsere Seelen befreien.«

»Hat sie euch die denn genommen?«, fragte Coraline entsetzt.

»Ja. Und versteckt.«

»Deshalb konnten wir hier auch nicht weg, als wir gestorben sind. Sie hat uns hier behalten und uns ausgesaugt, sich von uns ernährt, sodass von uns nichts geblieben ist, nur noch Schlangenhäute und Spinnenhülsen. Suche unsere geheimen Herzen, junge Herrin.«

»Und was wird aus euch, wenn ich sie finde?«, fragte Coraline.

Die Stimmen schwiegen.

»Und was wird sie mit mir machen?«, fragte sie.

Die fahlen Gestalten begannen zu pulsieren. Coraline konnte sich gut vorstellen, dass sie nur noch ein Abklatsch von etwas Vergangenem waren, wie das Leuchten, das einem von einem hellen Licht in den Augen bleibt, nachdem das Licht schon verloschen ist.

»Es tut nicht weh«, flüsterte ein zartes Stimmchen.

»Sie wird dir dein Leben nehmen und alles, was du bist und was dir etwas bedeutet, und sie wird dir nichts lassen als Nebel und Dunst. Sie wird dir alle Freude rauben. Und eines Tages wachst du auf und hast kein Herz und keine Seele mehr. Dann bist du eine leere Hülse, nichts als ein Hauch, ein Ding, nichts weiter als ein Traum beim Erwachen, eine Erinnerung an etwas Vergessenes.«

»Hohl«, flüsterte die dritte Stimme. »Hohl, hohl, hohl, hohl, hohl.«

»Du musst fliehen«, sagte eine schwache Stimme mit einem Seufzer.

»Das glaub ich nicht«, sagte Coraline. »Ich hab's mit dem Weglaufen schon probiert, aber das hat nicht geklappt. Sie hat einfach meine Eltern genommen. Könnt ihr mir sagen, wie ich aus dieser Kammer rauskomme?«

»Wir würden es dir sagen, wenn wir's wüssten.«

»Die armen Dinger«, sagte Coraline vor sich hin.

Sie setzte sich. Sie zog ihren Pullover aus, rollte ihn zusammen und steckte ihn sich als Kissen unter den Kopf.

»Sie wird mich nicht ewig hier drin lassen«, sagte Coraline. »Sie hat mich zu sich geholt, um mit mir zu spielen. *Spiele und Herausforderungen,* hat der Kater gesagt. Hier im Dunkeln stelle ich keine große Herausforderung für sie dar.« Sie versuchte es sich bequem zu machen, wand sich hin und her und machte allerhand Verrenkungen, um in den engen Raum hinter dem Spiegel zu passen.

Ihr knurrte der Magen. Sie aß ihren letzten Apfel und nahm nur ganz kleine Happen, damit er möglichst lange vorhielt. Als sie ihn aufgegessen hatte, war sie immer noch hungrig.

Dann kam ihr eine Idee und sie flüsterte: »Könnt ihr drei nicht einfach mitkommen, wenn sie mich herauslässt?«

»Das würden wir von Herzen gerne tun«, seufzten sie mit ihren kaum vorhandenen Stimmchen. »Aber sie hat unsere Herzen in ihrer Gewalt. Jetzt gehören wir zum Dunkel und der Leere. Im Licht würden wir verdorren und verbrennen.«

»Ach«, sagte Coraline.

Sie machte die Augen zu, sodass die Dunkelheit noch dunkler wurde, bettete ihren Kopf auf den zusammengerollten Pullover und schlief ein. Im Einschlafen vermeinte sie einen Gespensterkuss auf der Wange zu spüren, ganz sacht und liebevoll, und ein kleines Stimmchen flüsterte ihr etwas ins Ohr. Die Stimme war so leise, dass sie kaum zu vernehmen war, ein zarter, dünner Hauch einer Stimme, so gedämpft, dass Coraline fast glauben konnte, sie sich nur einzubilden. »Schau durch den Stein«, sagte die Stimme.

Und dann schlief Coraline ein.

8.

Die andere Mutter sah gesünder aus als zuvor. Ihre Wangen waren leicht gerötet und ihre Haare räkelten sich wie träge Schlangen bei warmem Wetter um ihren Kopf. Ihre schwarzen Knopfaugen sahen aus wie frisch poliert.

Sie hatte sich durch den Spiegel geschoben, als ginge sie durch nichts, was ihr mehr Widerstand geboten hätte als Wasser. Dann hatte sie auf Coraline hinuntergeschaut und mit dem kleinen Silberschlüssel die Tür aufgeschlossen. Sie hatte Coraline hochgehoben, wie es Coralines richtige Mutter getan hatte, als Coraline noch viel kleiner war, und das halb schlafende Kind wie ein Baby in den Armen gewiegt.

Die andere Mutter trug Coraline in die Küche und setzte sie ganz behutsam auf der Arbeitsplatte ab.

Coraline hatte Mühe, richtig wach zu werden. Im ersten Augenblick nahm sie nur wahr, dass sie gehätschelt und liebevoll gekuschelt wurde, und sie konnte gar nicht genug davon kriegen, doch dann ging ihr auf, wo sie sich befand und wer bei ihr war.

»So, meine süße Coraline«, sagte ihre andere Mutter, »ich hab dich wieder aus dem Schrank geholt. Es war nötig, dir eine Lektion zu erteilen, aber wir lassen hier Gnade vor Recht ergehen. Wir hassen die Sünde und lieben doch den Sünder. Also, wenn du ein artiges Kind bist, das seine Mutter liebt und gehorsam und höflich ist, dann werden wir uns prächtig verstehen und auch die Liebe zwischen uns wird prächtig gedeihen.«

Coraline rieb sich den Schlaf aus den Augen.

»Dort drin waren auch noch andere Kinder«, sagte sie. »Ganz alte, aus einer fernen Vergangenheit.«

»Ach ja?«, sagte die andere Mutter. Sie lief geschäftig zwischen Pfannen und Kühlschrank hin und her, holte Eier und Käse, Butter und ein Stück rosafarbenen Speck.

»Ja«, sagte Coraline. »Sie waren da. Ich glaube, du hast vor, aus mir auch so jemanden zu machen. Eine tote Hülse.«

Ihre andere Mutter lächelte sanft. Mit einer Hand schlug sie die Eier in eine Schüssel, mit der anderen verrührte sie die Eier und schlug sie schaumig. Dann gab sie ein Stück Butter in eine Bratpfanne. Die Butter zischte und brutzelte und drehte sich um die eigene Achse, während die andere Mutter den Käse in dünne Scheiben schnitt. Sie goss die geschmolzene Butter zu den Eiern, gab den Käse dazu und schlug das Ganze noch mal auf.

»Also, ich finde, du benimmst dich reichlich albern, Liebes«, sagte die andere Mutter. »Ich liebe dich. Ich werde dich immer lieb haben. Und an Gespenster glaubt sowieso kein vernünftiger Mensch – deshalb sind sie ja alle solche Lügner. Riech nur mal, was für ein leckeres Frühstück ich dir mache.« Sie goss die gelbe Mixtur in die Pfanne. »Käse-Omelett. Dein Lieblingsessen.«

Coraline lief das Wasser im Mund zusammen. »Du spielst gern«, sagte sie. »Das hat man mir jedenfalls gesagt.«

Die Augen der anderen Mutter blitzten auf, aber sie sagte nur: »Spiele mag doch jeder.«

»Ja«, sagte Coraline. Sie stieg von der Arbeitsplatte herunter und setzte sich an den Tisch.

Der Speck brutzelte und schmurgelte unter dem Grill. Es duftete herrlich.

»Wär's nicht viel schöner für dich, wenn du mich nach allen Regeln der Kunst gewinnen würdest?«, fragte Coraline.

»Kann schon sein«, sagte die andere Mutter. Sie gab sich ganz unbekümmert, aber ihre Finger zuckten und trommelten und sie leckte sich mit ihrer scharlachroten Zunge die Lippen. »Was genau bietest du an?«

»Mich«, sagte Coraline und hielt ihre Knie unter dem Tisch fest umklammert, damit sie nicht zitterten. »Wenn ich verliere, bleibe ich für immer und ewig bei dir und lasse mich von dir lieben. Ich werde eine äußerst pflichtbewusste Tochter sein. Ich werde essen, was du mir kochst, und ich spiele Karten mit dir und mache auf glückliche Familie. Und ich lass mir Knöpfe in die Augen nähen.«

Ihre andere Mutter starrte sie an, ohne auch nur ein einziges Mal mit den schwarzen Knopfaugen zu blinzeln. »Das hört sich alles sehr gut an«, sagte sie. »Und wenn du nicht verlierst?«

»Dann lässt du mich gehen. Du lässt alle frei – meinen richtigen Vater und meine richtige Mutter und die toten Kinder. Alle, die du hier festhältst.«

Die andere Mutter holte den Speck unter dem Grill hervor und legte ihn auf einen Teller. Dann ließ sie das Käse-Omelett aus der Pfanne auf den Teller gleiten und schnickte es dabei in die Luft, sodass es sich zu einer perfekten Omelettform zusammenlegte.

Sie stellte das Frühstück vor Coraline hin, zusammen mit einem Glas frisch gepressten Orangensaft und einem Becher mit schaumigem, heißem Kakao.

»Ja«, sagte sie. »Ich glaube, dieses Spiel gefällt mir. Aber was für ein Spiel soll es sein? Ein Ratespiel? Ein Test von Wissen oder Geschicklichkeit?«

»Ein Entdeckungsspiel«, schlug Coraline vor. »Ein Spiel, bei dem es darum geht, etwas zu finden.«

»Und was solltest du deiner Meinung nach bei diesem Versteckspiel finden, Coraline Jones?«

Coraline zögerte.

»Meine Eltern«, sagte sie dann. »Und die Seelen der Kinder hinter dem Spiegel.«

Die andere Mutter lächelte so triumphierend, dass Coraline sich zu fragen begann, ob sie die richtige Entscheidung getroffen hatte. Aber jetzt war es zu spät, um es sich noch mal anders zu überlegen.

»Abgemacht«, sagte die andere Mutter. »Und jetzt iss, meine Süße. Nur keine Bange – das Frühstück wird dir schon nicht schaden.«

Coraline machte sich über ihr Frühstück her. Sie hasste sich dafür, dass sie so leicht nachgab, aber sie hatte einen Riesenhunger.

»Woher weiß ich, dass du Wort hältst?«, fragte Coraline.

»Ich schwöre«, sagte die andere Mutter. »Ich schwöre es beim Grab meiner Mutter.«

»Liegt sie denn im Grab?«, fragte Coraline.

»Aber ja«, sagte die andere Mutter. »Ich habe sie selbst hineingelegt. Und als ich feststellte, dass sie wieder rauskrabbeln wollte, habe ich sie zurückgeschubst.«

»Schwör bei etwas anderem. Damit ich dir trauen kann, dass du Wort hältst.«

»Meine rechte Hand«, sagte die andere Mutter und hielt die Hand hoch. Dabei wackelte sie langsam mit den Fingern und stellte die klauenartigen Fingernägel zur Schau. »Ich schwöre bei ihr.«

Coraline zuckte mit den Schultern. »In Ordnung«, sagte sie. »Abgemacht.« Sie aß das Omelett und musste sich Mühe geben, nicht zu schlingen. Ihr Hunger war noch größer, als sie gedacht hatte.

Während sie aß, starrte die andere Mutter sie unverwandt an. Es war schwer, in den schwarzen Knopfaugen einen Ausdruck zu erkennen, aber Coraline fand, dass auch ihre andere Mutter hungrig aussah.

Sie trank den Orangensaft, konnte sich aber nicht überwinden, von dem heißen Kakao zu kosten, obwohl sie wusste, dass er ihr schmecken würde.

»Wo soll ich mit der Suche anfangen?«, fragte Coraline.

»Wo du willst«, sagte die andere Mutter, als wäre ihr das völlig egal.

Coraline sah sie an und dachte gründlich nach. Sie kam zu dem Ergebnis, dass es sinnlos wäre, den Garten und das Gelände zu erkunden: Das existierte ja gar nicht, war nicht wirklich vorhanden. In der Welt der anderen Mutter gab es keinen verlassenen Tennisplatz, keinen abgrundtiefen Brunnen. Nur das Haus war wirklich da.

Sie sah sich in der Küche um. Sie machte die Backofentür auf, schaute in den Kühlschrank, stocherte im Gemüsefach des Kühlschranks herum. Die andere Mutter folgte ihr auf Schritt und Tritt, und wenn sie Coraline ansah, spielte immer ein höhnisches Grinsen um ihre Mundwinkel.

»Wie groß sind Seelen eigentlich?«, fragte Coraline.

Die andere Mutter setzte sich an den Küchentisch und lehnte sich an die Wand, ohne etwas zu sagen. Sie stocherte mit einem langen, blutrot lackierten Fingernagel zwischen ihren Zähnen herum, dann trommelte sie mit den Fingern auf der glänzenden schwarzen Oberfläche ihrer schwarzen Knopfaugen, ganz sacht, *klopf-klopf-klopf*.

»Na schön«, sagte Coraline. »Dann sagst du's mir eben nicht. Ist mir doch egal. Ob du mir hilfst oder nicht, spielt keine Rolle. Es weiß sowieso jeder, dass eine Seele so groß wie ein Wasserball ist.«

Sie hoffte darauf, dass die andere Mutter so etwas sagen würde wie »Unsinn, Seelen haben die Größe von ausgereiften Zwiebeln – oder von Koffern – oder von Standuhren«, aber die andere Mutter lächelte nur und trommelte *klopf-klopf-klopf* mit dem Fingernagel auf ihrem Auge herum, ein Geräusch, das so regelmäßig und unablässig war wie das Tropfen des Wasserhahns über dem Spülbecken. Und dann begriff Coraline, dass es tatsächlich nur die Wassertropfen waren und dass sie sich allein in der Küche befand.

Ein Schauder durchlief Coraline. Ein fester Standort der anderen Mutter war ihr lieber; wenn sie nirgends war, konnte sie überall sein. Und schließlich fürchtete man sich immer leichter vor etwas, was man nicht sehen konnte. Sie langte in die Tasche und ihre Finger schlossen sich um die beruhigende Form des Steins mit dem Loch in der Mitte. Sie holte ihn aus der Tasche, hielt ihn wie eine Pistole vor sich und trat in den Flur hinaus.

Es war kein Laut zu hören, nur das *Klopf-Klopf* des Wassers, das in das Metallbecken tröpfelte.

Sie warf einen Blick auf den Spiegel am Ende des Flurs. Einen Augenblick lang beschlug er und Coraline kam es so vor, als glitten undeutliche, konturlose Gesichter durch das Spiegelglas, und dann waren die Gesichter verschwunden und im Spiegel war nur noch ein Mädchen zu sehen, das klein für sein Alter war und etwas in der Hand hielt, das aussah wie ein grünes Kohlestück, von dem ein zartes Leuchten ausging.

Überrascht sah Coraline auf ihre Hand hinunter. Es war einfach nur ein Kieselstein mit einem Loch darin, ein x-beliebiger brauner Kiesel. Dann schaute sie wieder in den Spiegel, in dem der Stein wie ein Smaragd funkelte. Ein Pfad aus grünem Feuer ging von dem Kieselstein im Spiegel aus und schwebte zu Coralines Zimmer.

»Hmm«, sagte Coraline.

Sie ging in ihr Zimmer. Als sie es betrat, begannen die Spielsachen aufgeregt zu flattern, als freuten sie sich sie zu sehen. Ein kleiner Panzer fuhr ihr aus der Spielzeugkiste entgegen, wobei seine Raupenketten mehrere andere Spielsachen überrollten. Er fiel von der Spielzeugkiste zu Boden, überschlug sich im Fallen und landete auf dem Teppich. Dort lag er wie ein Käfer auf dem Rücken und bewegte brummend und knirschend seine Raupenketten, bis Coraline ihn aufhob und wieder umdrehte. Beschämt verzog er sich unter das Bett.

Coraline sah sich im Zimmer um.

Sie schaute in den Schränken und allen Schubladen nach. Dann hob sie die Spielzeugkiste an einer Seite an und kippte alle Spielsachen auf den Teppich, wo sie schimpften und sich streckten und unbeholfen versuchten sich von den anderen loszumachen. Eine graue Murmel kullerte über den Fußboden und stieß klackend gegen die Wand. Coraline fand, dass keins der Spielzeuge so besonders nach einer Seele aussah. Sie hob ein Silberarmband auf und musterte es genauer. Als Anhänger hatte es winzig kleine Tiere, die einander rund um das Armband jagten, wobei der Fuchs niemals das Kaninchen fing und der Bär den Fuchs niemals einholte.

Coraline öffnete ihre Hand und betrachtete den Stein mit dem Loch in der Mitte. Sie hoffte auf einen Hinweis, konnte aber keinen entdecken. Die meisten der Spielsachen aus der Spielzeugkiste waren inzwischen davongekrabbelt und hatten sich unter dem Bett versteckt, und bei den wenigen Spielsachen, die noch übrig waren (ein grüner Plastiksoldat, die Glasmurmel, ein knallrosa Jo-Jo und Ähnliches), handelte es sich um Dinge, die man auch in der wirklichen Welt unten in Spielzeugkisten findet: vergessene Gegenstände, ungeliebt und längst verworfen.

Sie wollte schon gehen und woanders suchen. Und dann fiel ihr eine Stimme in der Dunkelheit ein, ein zartes Flüstern, und sie wusste wieder, was die Stimme ihr geraten hatte. Sie hielt den Stein mit dem Loch in der Mitte hoch und führte ihn vors rechte Auge. Dann kniff sie das linke Auge zu und betrachtete das Zimmer durch das Loch im Stein.

Durch den Stein gesehen, war die Welt so grau und farblos wie eine Bleistiftzeichnung. Alles darin war grau – nein, doch nicht alles. Auf dem Fußboden glitzerte etwas, das die Farbe von Glut im Kamin eines Kinderzimmers hatte, die Farbe einer purpurrot und orangefarben geflammten Tulpe, die sich in der Maisonne wiegt. Voller Angst, es könnte verschwinden, wenn sie den Blick davon abwandte, streckte Coraline die linke Hand aus und tastete nach dem glühenden Ding.

Ihre Finger schlossen sich um etwas Glattes, Kühles. Sie riss schnell die Hand hoch, nahm dann den Stein mit dem Loch in der Mitte von ihrem Auge und sah nach unten. Auf ihrer rosigen Handfläche lag stumpf und trübe die graue Glasmurmel vom Boden der Spielzeugkiste. Sie hielt sich den Stein wieder vors Auge und betrachtete die Murmel durch das Loch in der Mitte. Und wieder glühte die Murmel auf und rotes Feuer flackerte darin.

Eine Stimme flüsterte in ihrem Kopf: »Wahrlich, Lady, wenn ich jetzt näher darüber nachdenke, fällt es mir wieder ein, dass ich tatsächlich ein Junge war. Ach, aber du musst dich sputen. Es gilt, noch zwei andere von uns zu finden, und die alte Vettel ist schon böse auf dich, weil du mich gefunden hast.«

Wenn ich das zu Ende bringe, dachte Coraline, *dann aber auf keinen Fall in ihren Kleidern.* Sie zog sich wieder ihren Schlafanzug und den Morgenmantel an und schlüpfte in die Pantoffeln. Den grauen Pullover und die schwarzen Jeans hinterließ sie säuberlich zusammengelegt auf dem Bett, die orangefarbenen Stiefel auf dem Fußboden neben der Spielzeugkiste.

Sie steckte die Murmel in die Tasche ihres Morgenmantels und trat auf den Flur hinaus.

Etwas stach ihr in Gesicht und Hände, wie Sand, der an einem windigen Tag am Strand durch die Luft wirbelt. Sie schlug die Hände vor die Augen und ging weiter.

Der stechende Sand wurde immer ärger und das Gehen fiel ihr zunehmend schwer, so als müsste sie sich bei besonders stürmischem Wetter gegen den Wind stemmen. Und der Wind war heftig und kalt.

Sie wich einen Schritt zurück, in die Richtung, aus der sie gekommen war.

»Oh, geh doch«, flüsterte ihr eine Geisterstimme ins Ohr, »die alte Vettel ist nämlich zornig.«

Sie trat in den Flur, in den nächsten Windstoß hinein, der ihr Gesicht und Hände mit unsichtbaren Sandkörnern zerstach, die so spitz wie Nadeln waren, so scharfkantig wie Glasscherben.

»Halt dich an die Spielregeln«, rief Coraline in den Wind.

Es kam keine Antwort, aber der Wind peitschte nur noch einmal um sie herum, zog sich dann verdrossen zurück und verschwand. In der unvermittelten Stille hörte Coraline, die gerade an der Küche vorbeikam, das *Klopf-Klopf* des undichten Wasserhahns oder vielleicht waren es auch die langen Fingernägel der anderen Mutter, die ungeduldig auf der Tischplatte trommelte. Coraline hätte am liebsten nachgesehen, widerstand aber diesem Drang.

Mit zwei großen Schritten erreichte sie die Wohnungstür und ging ins Freie.

Sie stieg die Treppe hinunter und ging um das Haus, bis sie zur Wohnung der anderen Miss Spink und Miss Forcible kam. Die blinkenden Lämpchen um die Tür gingen jetzt nur noch willkürlich an und aus und bildeten keine Wörter, die Coraline hätte ausmachen können. Die Tür war zu. Coraline befürchtete, dass sie abgeschlossen war, und sie stieß mit aller Kraft dagegen. Zuerst klemmte sie, aber dann gab sie so plötzlich nach, dass Coraline mit einem Ruck in den dunklen Raum dahinter stolperte.

Coraline nahm den Stein mit dem Loch in der Mitte fest in die Hand und ging in die Dunkelheit hinein. Sie rechnete damit, einen mit Vorhängen abgeteilten Vorraum vorzufinden, aber es war nichts da. Der Raum war dunkel. Das Theater war leer. Vorsichtig ging sie weiter. Über ihr raschelte etwas. Sie schaute hoch, in eine noch tiefere Finsternis hinein, und dabei stieß sie mit dem Fuß irgendwo dagegen. Sie bückte sich, ertastete eine Taschenlampe, hob sie auf und knipste sie an, schwenkte den Lichtstrahl durch den Raum.

Das Theater lag verlassen da und war hoffnungslos heruntergekommen. Kaputte Sitze lagen auf dem Boden und die Wände waren mit alten, staubigen Spinnweben behangen. Auch von dem vermoderten Holz und den verrotteten Samtvorhängen hingen Spinnweben herab.

Wieder raschelte etwas. Coraline richtete den Strahl der Taschenlampe nach oben, zur Decke hin. Dort waren irgendwelche Wesen, haarlos, gallertartig. Coraline dachte, dass sie früher einmal vielleicht Gesichter gehabt hatten, womöglich sogar Hunde gewesen waren, aber Hunde hatten keine Fledermausflügel und konnten nicht wie Spinnen oder Fledermäuse kopfunter hängen.

Das Licht schreckte die Wesen auf, sodass eines davon in die Luft abhob. Die Flügel schwirrten wuchtig durch den Staub und Coraline zog den Kopf ein, als das Wesen dicht an ihr vorbeisauste. An einer gegenüberliegenden Wand landete es und begann mit dem Kopf nach unten wieder zu dem Nest der Fledermaushunde an der Decke hochzuklettern.

Coraline hielt sich den Stein vors Auge und ließ den Blick durch den Raum schweifen. Sie hielt Ausschau nach etwas, das leuchtete oder glitzerte, nach irgendeinem verräterischen Anzeichen dafür, dass sich irgendwo in diesem Raum eine weitere versteckte Seele befand. Suchend ließ sie den Strahl der Taschenlampe durch den Raum gleiten. Im dicken Staub in der Luft wirkte der Lichtstrahl fast wie etwas Festes, Stabiles.

An der Wand hinter der zerstörten Bühne war etwas. Es war gräulich weiß, doppelt so groß wie Coraline und es klebte wie eine Schnecke an der Wand.

Coraline holte tief Luft. »Ich habe keine Angst«, redete sie sich ein. »Ich fürchte mich nicht.«

Zwar glaubte sie sich das selber nicht, aber sie kletterte auf die alte Bühne. Sie zog sich daran hoch und dabei versanken ihre Finger in dem vermoderten Holz.

Als sie näher an das Ding an der Wand herankam, sah sie, dass es sich um eine Art Sack handelte, ähnlich dem Kokon, in dem Spinnen ihre Eier ablegen. Es zuckte im Lichtstrahl. In dem Sack war etwas, das wie ein Mensch aussah, allerdings ein Mensch mit zwei Köpfen und doppelt so vielen Armen und Beinen, als er eigentlich haben sollte.

Das Wesen in dem Sack wirkte entsetzlich grob geformt und unfertig, so als hätte man zwei Knete-Männchen angewärmt und ineinander gerollt, zu einem einzigen Ding zermatscht und zusammengedrückt.

Coraline zögerte. Sie hatte keine Lust, sich diesem Ding zu nähern. Die Fledermaushunde ließen sich einer nach dem anderen von der Decke herabfallen und begannen durch den Raum zu kreisen. Sie flogen dicht an sie heran, berührten sie aber nie.

Vielleicht sind hier ja gar keine Seelen versteckt, dachte sie. *Vielleicht kann ich einfach gehen und woanders weitersuchen.* Ein letztes Mal schaute sie durch das Loch im Stein. Das verlassene Theater war immer noch grau und düster, aber jetzt war ein brauner Glanz zu sehen, der so üppig und strahlend war wie blank poliertes Kirschbaumholz und innen aus dem Sack kam. Was da leuchtete, wurde von dem Ding im Sack in einer der Hände gehalten.

Langsam überquerte Coraline die modrige Bühne und gab sich Mühe, möglichst kein Geräusch zu verursachen. Sie hatte Angst, dass das Ding womöglich die Augen aufmachte, wenn sie es störte, und sie sah und dann . . .

Aber sie konnte sich nichts Furchterregenderes vorstellen, als von dem Ding angesehen zu werden. Ihr Herz hämmerte in ihrer Brust. Sie machte noch einen Schritt vorwärts.

Noch nie in ihrem Leben hatte sie solche Angst gehabt, aber sie ging dennoch weiter, bis sie bei dem Sack angekommen war. Dann stieß sie ihre Hand in das klebrige, pappige weiße Zeug an der Wand. Es knisterte leise, als sie die Hand hineinschob, und haftete an Haut und Kleidung wie Spinnweben, wie weiße Zuckerwatte. Sie stieß die Hand hinein und langte nach oben, bis sie eine kalte Hand berührte, die, wie sie spüren konnte, um eine

Glasmurmel geschlossen war. Die Haut des Wesens fühlte sich glitschig an, als wäre sie mit Gelee überzogen. Coraline zerrte an der Murmel.

Zuerst geschah gar nichts – das Wesen hatte die Murmel fest im Griff. Doch dann lockerten sich die Finger, einer nach dem anderen, und die Murmel glitt in ihre Hand. Coraline zog den Arm aus dem klebrigen Gewebe, heilfroh darüber, dass das Ding die Augen nicht geöffnet hatte. Sie leuchtete mit der Taschenlampe in die beiden Gesichter und kam zu dem Ergebnis, dass sie einer jüngeren Version von Miss Spink und Miss Forcible ähnelten, allerdings ganz verdreht und zusammengequetscht, wie zwei Wachsklumpen, die geschmolzen waren und sich zu einem gespenstischen Etwas vermengt hatten.

Ohne jede Vorwarnung schnappte eine der Hände nach Coralines Arm. Die Fingernägel ritzten ihr die Haut auf, aber die Hand war zu glitschig, um zupacken zu können, und Coraline konnte sich losmachen. Und dann gingen die Augen auf, vier schwarze Knopfaugen, die funkelnd auf sie herabblickten, und zwei Stimmen, die ganz anders waren als alle Stimmen, die Coraline je gehört hatte, sprachen sie an. Die eine Stimme jammerte im Flüsterton, die andere surrte wie eine dicke, zornige Schmeißfliege an der Fensterscheibe, aber beide Stimmen sagten wie aus einem Mund: *»Du Diebin! Gib das wieder her! Haltet den Dieb!«*

Die Luft schwirrte von Fledermaushunden. Coraline wich zurück. Dann erkannte sie, dass das Ding an der Wand, das einmal die andere Miss Spink und die andere Miss Forcible gewesen war, in seinem Netz fest an der Wand haftete, eingehüllt in seinen Kokon. So grauenerregend es auch sein mochte – es konnte ihr nicht folgen.

Die Fledermaushunde flatterten um sie herum und schwenkten die Flügel, aber sie unternahmen nichts, um Coraline etwas anzutun. Sie kletterte von der Bühne hinunter, leuchtete mit der Taschenlampe durch das alte Theater und suchte nach dem Ausgang.

»Flieh, Miss«, jammerte eine Mädchenstimme in ihrem Kopf. »Flieh jetzt sofort. Du hast zwei von uns. Lauf von diesem Ort davon, solange dir noch das Blut in den Adern pulsiert.«

Coraline steckte die Murmel zu der anderen in ihre Tasche. Sie entdeckte die Tür, rannte darauf zu und zerrte daran, bis sie aufging.

9.

Die Welt draußen war inzwischen zu einem strukturlosen, wallenden Nebel geworden, in dem es keine Formen und Schatten gab, und das Haus schien sich gedreht und irgendwie gestreckt zu haben. Es kam Coraline so vor, als kauerte es sich zusammen. Und es starrte auf sie herab, als wäre es gar kein Haus, sondern nur die Idee eines Hauses – und sie war überzeugt davon, dass der Mensch, der diese Idee gehabt hatte, kein guter Mensch war.

An ihrem Arm haftete klebriges Zeug und sie putzte es ab, so gut es ging. Die grauen Fenster des Hauses waren schief und krumm.

Die andere Mutter stand mit verschränkten Armen im Gras und wartete schon auf sie. Ihre schwarzen Knopfaugen waren ausdruckslos, aber die Lippen waren in kalter Wut fest zusammengekniffen.

Als sie Coraline sah, streckte sie ihre lange, weiße Hand aus und krümmte einen Finger. Coraline ging auf sie zu. Die andere Mutter sagte nichts.

»Zwei habe ich«, sagte Coraline. »Jetzt bleibt noch eine Seele.«

Im Gesicht der anderen Mutter regte sich nichts. Es war, als hätte sie nichts gehört.

»Also, ich dachte, du würdest das gern wissen«, sagte Coraline.

»Danke, Coraline«, sagte die andere Mutter kalt. Ihre Stimme kam nicht aus ihrem Mund; sie kaum aus dem Nebel und dem Dunst und dem Haus und dem Himmel. Sie sagte: »Du weißt, dass ich dich liebe.«

Und gegen ihren Willen nickte Coraline. Denn es stimmte: Die andere Mutter liebte sie. Aber sie liebte Coraline, wie ein Geizhals das Geld liebt oder ein Drache sein Gold. Coraline wusste, dass sie in den Knopfaugen der anderen Mutter ein Besitzstück war, nicht mehr. Ein geduldetes Haustier, dessen Verhalten nicht mehr belustigend war.

»Ich will deine Liebe nicht«, sagte Coraline. »Ich will überhaupt nichts von dir.«

»Nicht mal ein bisschen Unterstützung?«, fragte die andere Mutter. »Du bist doch bisher so gut vorangekommen. Da dachte ich, du würdest vielleicht einen kleinen Tipp haben wollen, der dir bei der Schatzsuche weiterhilft.«

»Ich komme gut allein zurecht«, sagte Coraline.

»Ja«, sagte die andere Mutter. »Aber falls du dich in der vorderen Wohnung umsehen wolltest – in der leer stehenden –, dann würdest du feststellen, dass die Tür verschlossen ist. Und was machst du dann?«

»Ach.« Coraline dachte kurz nach. Dann fragte sie: »Gibt es einen Schlüssel dazu?«

Die andere Mutter stand im papiergrauen Nebel einer Welt, die immer flacher wurde. Ihr schwarzes Haar flatterte ihr um den Kopf, als hätte es ein Eigenleben und eigene Absichten. Plötzlich gab die andere Mutter tief aus der Kehle ein Husten von sich und öffnete dann den Mund.

Die andere Mutter langte hoch und klaubte einen kleinen Wohnungsschlüssel aus Messing von ihrer Zunge.

»Da«, sagte sie. »Den wirst du brauchen, um hineinzukommen.«

Lässig warf sie Coraline den Schlüssel zu, und sie fing ihn mit einer Hand auf, noch bevor sie darüber nachdenken konnte, ob sie ihn überhaupt haben wollte. Der Schlüssel war immer noch leicht feucht.

Ein kühler Wind wehte um sie herum. Coraline fröstelte und wandte den Blick ab. Als sie wieder hinsah, stellte sie fest, dass sie allein war.

Unsicher ging sie zum vorderen Teil des Hauses und blieb vor der Tür zur leeren Wohnung stehen. Wie alle anderen Türen war sie leuchtend grün gestrichen.

»Sie will dir nichts Gutes«, flüsterte ihr eine Geisterstimme ins Ohr. »Wir glauben nicht daran, dass sie dir helfen will. Das ist bestimmt nur ein Trick.«

Coraline sagte: »Ja, da habt ihr wohl Recht.« Dann steckte sie den Schlüssel ins Schloss und drehte ihn um.

Lautlos ging die Tür auf und ebenso lautlos trat Coraline ein.

Die Wände in der Wohnung hatten die Farbe von alter Milch. Auf den Dielenbrettern lagen keine Teppiche. Sie waren mit Staub bedeckt, in dem sich Spuren und Muster von ehemaligen Teppichen und Läufern abzeichneten.

Es befanden sich keine Möbel darin, nur Stellen, wo früher einmal Möbel gestanden hatten. Die Wände waren ohne jeden Schmuck; nur verfärbte Vierecke zeigten an, wo einst Bilder und Fotos gehangen hatten. Es war so still, dass Coraline zu hören glaubte, wie der Staub durch die Luft schwebte.

Sie ertappte sich dabei, dass sie sich ziemlich Sorgen machte, irgendetwas könnte sich plötzlich auf sie stürzen. Deshalb fing sie an zu pfeifen. Sie dachte, solange sie pfiff, wäre es vielleicht schwieriger für irgendwelche Wesen, über sie herzufallen.

Zuerst ging sie in die leere Küche. Dann durchquerte sie ein leeres Bad, das nur eine gusseiserne Wanne enthielt und in der Wanne eine tote Spinne, die so groß wie eine Katze war. Das letzte Zimmer, das sie sich ansah, war, wie sie vermutete, einmal das Schlafzimmer gewesen; zumindest konnte sie sich vorstellen, dass dort auf dem viereckigen Schatten im Staub früher ein Bett gestanden hatte. Dann entdeckte sie etwas, was ihr ein grimmiges Lächeln entlockte. In den Fußboden war ein großer Metallring eingelassen. Coraline kniete sich hin, packte den Ring mit beiden Händen und zog daran, so fest sie nur konnte.

Langsam, entsetzlich langsam, steif und schwerfällig hob sich ein an Scharnieren befestigtes Quadrat aus dem Fußboden empor. Es war eine Falltür. Als sie aufging, konnte Coraline durch die Öffnung nichts als Dunkelheit erkennen. Sie langte hinunter und ertastete einen kalten Schalter. Ohne große Hoffnung, dass er funktionieren würde, drückte sie darauf, aber tatsächlich flammte irgendwo unter ihr eine Glühbirne auf und ein dünnes gelbes Licht drang aus dem Loch im Fußboden empor. Sie konnte Stufen sehen, die nach unten führten, sonst jedoch nichts.

Coraline langte in die Tasche und holte den Stein mit dem Loch in der Mitte hervor. Sie schaute durch ihn in den Keller hinunter, konnte aber nichts sehen. Deshalb steckte sie den Stein wieder ein.

Durch das Loch im Boden drang der Geruch von feuchtem Lehm nach oben und noch etwas anderes, ein stechender, penetranter Geruch wie von saurem Essig.

Coraline ließ sich in das Loch hinunter und behielt dabei nervös die Falltür im Auge. Sie war so schwer, dass Coraline sicher war, für immer und ewig in der Dunkelheit eingeschlossen zu bleiben, wenn sie zufallen würde. Sie langte mit einer Hand hoch und tippte gegen die Tür, aber sie blieb in der Stellung, in der sie war. Und dann wandte Coraline sich dem Dunkel zu und stieg die Stufen hinunter. Unten an der Treppe war wieder ein Lichtschalter in die Wand eingelassen, ein verrosteter Schalter aus Metall. Sie drückte ihn, bis er nach unten klickte, und daraufhin ging eine nackte Glühbirne an, die an einem Draht von der niedrigen Decke hing. Das Licht, das von ihr ausging, reichte noch nicht einmal aus, dass Coraline hätte ausmachen können, was an die abblätternden Kellerwände gemalt war. Die Bilder kamen ihr grob und unfertig vor. Es waren Augen da, so viel konnte sie erkennen, und irgendwelche Dinger, die möglicherweise Weintrauben darstellten. Und darunter noch andere Dinge. Coraline war sich nicht sicher, ob das vielleicht Darstellungen von Menschen waren.

In einer Ecke des Raums lag ein Müllberg: mit stockfleckigem Papier gefüllte Kartons und daneben ein Haufen vermoderter Vorhänge.

Unter Coralines Pantoffeln knirschte es auf dem Zementboden. Der Gestank war jetzt schlimmer. Sie wollte schon kehrtmachen und gehen, als sie unter den Vorhängen einen Fuß hervorragen sah.

Ihr ganzer Kopf war mit dem Gestank von saurem Wein und schimmeligem Brot erfüllt. Sie holte tief Luft und zog den feuchten Stoff weg. Darunter kam etwas zum Vorschein, was in etwa die Form und Größe eines Menschen hatte.

In dem schwachen Dämmerlicht dauerte es einige Sekunden, bis sie erkannte, worum es sich handelte. Das Ding war bleich und aufgequollen wie eine Made und hatte steckendürre Arme und Füße. Das Gesicht, das wie aufgegangener Brotteig aufgebläht und geschwollen war, hatte fast keine erkennbaren Züge.

Dort, wo die Augen sein sollten, hatte das Ding zwei große, schwarze Knopfaugen.

Coraline gab einen Laut von sich, ein Ton des Abscheus und Entsetzens, und als hätte das Ding sie gehört und wäre davon erwacht, begann es, sich aufzusetzen. Schreckensstarr blieb Coraline stehen. Das Ding wandte den Kopf, bis beide schwarze Knopfaugen direkt auf sie gerichtet waren. In dem mundlosen Gesicht ging ein Mund auf, dem lange Fäden einer weißen Masse von den Lippen hingen, und eine Stimme, die jetzt nicht einmal mehr entfernt der Stimme ihres Vaters ähnelte, flüsterte: »Coraline.«

»Na«, sagte Coraline zu dem Ding, das einmal ihr anderer Vater gewesen war, »wenigstens hast du dich nicht auf mich gestürzt.«

Mit den dürren Ästen, die seine Hände waren, langte sich das Wesen ins Gesicht und schob den fahlen Lehm hin und her, sodass so etwas wie eine Nase entstand. Es sagte nichts.

»Ich suche meine Eltern«, sagte Coraline. »Und die geraubte Seele von einem der anderen Kinder. Sind sie hier unten?«

»Hier unten ist nichts«, sagte das bleiche Ding undeutlich. »Nichts als Staub und Moder und Vergessen.«

Das Ding war weiß und riesig und aufgequollen. *Monströs,* dachte Coraline, *aber auch bedauernswert.* Sie hielt sich den Stein mit dem Loch in der Mitte vors Auge und sah hindurch. Nichts. Das bleiche Ding hatte die Wahrheit gesagt.

»Du Armer«, sagte sie. »Dass du hier nach unten verbannt wurdest, war doch bestimmt die Strafe dafür, dass du mir so viel erzählt hast.«

Das Ding zögerte und nickte dann. Coraline fragte sich, wie sie sich jemals hatte einbilden können, dass dieses Madending Ähnlichkeit mit ihrem Vater hätte.

»Es tut mir so Leid«, sagte sie.

»Sie ist nicht gerade erfreut«, sagte das Ding, das einmal ihr anderer Vater gewesen war. »Ganz und gar nicht erfreut. Du hast sie sehr verstimmt. Und wenn sie verstimmt ist, lässt sie ihre Wut an jemand anderem aus. So ist sie nun mal.«

Coraline strich ihm über den haarlosen Kopf. Die Haut war so klebrig wie warmer Brotteig. »Armes Ding«, sagte sie. »Du bist nur etwas, was sie gemacht und dann wieder weggeworfen hat.«

Das Ding nickte heftig. Und als es nickte, fiel das linke

Knopfauge heraus und landete klappernd auf dem Zementboden. Mit seinem einen Auge sah sich das Ding mit leerem Blick um, als hätte es sie verloren. Schließlich sah es sie, machte mit sichtlicher Mühe noch einmal den Mund auf und sagte mit nasser, drängender Stimme: »Lauf, Kind. Lauf weg von hier. Sie will, dass ich dir etwas antue und dich für immer hier festhalte, damit du das Spiel nicht beenden kannst und sie gewinnt. Sie setzt mich unter Druck, dass ich dir etwas antun soll. Ich kann mich gegen sie nicht wehren.«

»Doch, du *kannst«*, sagte Coraline. »Sei tapfer.«

Sie sah sich um. Das Ding, das einmal ihr anderer Vater gewesen war, befand sich zwischen ihr und den Treppenstufen, die aus dem Keller hinausführten. Sie schob sich an der Wand entlang, auf die Treppe zu. Das knochenlose Ding wand und drehte sich, bis sein eines Auge wieder auf sie geheftet war. Es schien jetzt größer zu werden und auch wacher. »Ach!«, sagte es. »Das kann ich nicht.«

Und es machte quer durch den Keller einen Satz auf sie zu, den zahnlosen Mund weit aufgerissen.

Coraline hatte einen einzigen Herzschlag lang Zeit, um zu reagieren. Ihr fielen nur zwei Möglichkeiten ein. Entweder konnte sie schreien und weglaufen und sich von dem riesigen Madending durch den schlecht beleuchteten Keller hetzen lassen, so lange, bis es sie erwischt hatte. Oder sie konnte etwas anderes tun.

Deshalb tat sie etwas anderes.

Als das Ding bei ihr angekommen war, streckte Coraline die Hand aus und schloss sie um das noch verbliebene Knopfauge des Dings. Und sie riss so fest daran, wie es nur irgend ging.

Einen Augenblick lang geschah gar nichts. Dann ging das Knopfauge ab. Es flog ihr aus der Hand und prallte klappernd gegen die Wände, bevor es zu Boden fiel.

Das Ding blieb wie erstarrt stehen. Blicklos und blind warf es den bleichen Kopf zurück, riss den Mund entsetzlich weit auf und schrie seinen Zorn und die Enttäuschung heraus. Dann, urplötzlich, stürzte das Ding auf die Stelle zu, wo Coraline gestanden hatte.

Doch Coraline stand nicht mehr dort. Sie schlich bereits auf Zehenspitzen, so leise sie nur konnte, die Treppe hinauf, die sie aus dem düsteren Keller mit seinen grob skizzierten Bildern an den Wänden hinausführen würde. Sie konnte den Blick jedoch nicht von dem Boden unter ihr losreißen, wo ein bleiches Ding zappelnd um sich schlug und Jagd auf sie machte. Dann, als hätte es Anweisungen erhalten, was es tun sollte, blieb das Wesen still stehen und neigte den blinden Kopf zur Seite.

Es lauscht, ob es mich hören kann, dachte Coraline. *Ich muss jetzt ganz besonders leise sein.* Und sie stieg die nächste Stufe hoch, ihr Fuß rutschte ab und das Ding hörte sie.

Der Kopf neigte sich in ihre Richtung. Einen Augenblick lang schwankte das Ding, und es war, als suchte es seine Sinne zusammen. Dann glitt es so schnell wie eine Schlange auf die Treppe zu und ergoss sich über sie, auf Coraline zu.

Coraline machte kehrt, raste wie wild die letzten sechs Stufen hinauf und stemmte sich zum Fußboden des staubigen Schlafzimmers hoch. Ohne die geringste Pause zog sie die schwere Falltür zu sich heran und ließ los. Genau in dem Augenblick, als etwas Großes dagegen schlug, knallte sie mit Donnergetöse zu. Die Falltür rüttelte und ratterte im Boden, blieb aber an Ort und Stelle.

Coraline holte tief Luft. Wenn es in der Wohnung irgendwelche Möbel gegeben hätte, und sei es auch nur ein Stuhl, hätte sie ihn auf die Falltür geschoben, aber es war nichts da.

So schnell sie konnte, lief sie aus der Wohnung, ohne dabei jedoch richtig zu rennen, und sie schloss die Eingangstür hinter sich ab. Den Schlüssel legte sie unter die Fußmatte. Dann trat sie auf die Auffahrt hinaus.

Sie hatte so halb und halb damit gerechnet, dass ihre andere Mutter dort stehen und schon auf sie warten würde, aber die Welt war still und leer.

Coraline wollte nach Hause.

Sie schlang die Arme um sich und redete sich ein, wie tapfer sie doch war, und fast glaubte sie sich sogar. Dann lief sie durch den grauen Nebel, der kein Nebel war, um das Haus herum auf die andere Seite und sie steuerte die Treppe an, um nach oben zu gehen.

10.

Coraline stieg die Außentreppe bis zum obersten Stockwerk hoch, wo in ihrer Welt der verrückte alte Herr wohnte. Einmal, als ihre echte Mutter für einen wohltätigen Zweck Geld sammelte, war sie mit ihr hinaufgegangen. Sie hatten in der offenen Tür gestanden und gewartet, während der verrückte alte Herr mit dem großen Schnurrbart den Briefumschlag suchte, den Coralines Mutter für die Spenden verteilt hatte. Die Wohnung hatte nach sonderbarem Essen und Pfeifentabak und seltsamen, scharfen Dingen gerochen, die etwas Käsiges an sich hatten und die Coraline nicht benennen konnte. Weiter als bis zur Tür hatte sie nicht in die Wohnung vordringen wollen.

»Ich bin Entdeckerin«, sagte Coraline laut, aber in der nebligen Luft klangen die Worte gedämpft und leblos. Sie hatte es schließlich auch aus dem Keller geschafft, oder etwa nicht?

Ja, das hatte sie geschafft. Aber Coraline war sich so sicher wie nur was, dass diese Wohnung noch schlimmer werden würde.

Sie kam ganz oben an. Die Wohnung im obersten Stockwerk war früher einmal der Dachboden gewesen, aber das war lange her.

Coraline klopfte an die grün gestrichene Tür. Sie ging auf und Coraline trat ein.

»Wir haben Augen, Ohren, Schwänze.
Wir können dir die Zähne zeigen.
Jeder kriegt, was ihm gebührt,
Wenn wir aus der Tiefe nach oben steigen«,

flüsterten ein Dutzend oder mehr kleiner Stimmchen in der dunklen Wohnung, in der die Dachschräge tief herunterreichte und die Decke so niedrig war, dass Coraline sie mit ausgestrecktem Arm fast hätte berühren können.

Rote Augen starrten sie an. Kleine rosa Füße huschten davon, als sie näher kam. Durch die dunklen Schatten an den Ecken und Kanten glitten noch dunklere Schatten.

Hier stank es noch viel schlimmer als oben in der Wohnung des echten verrückten alten Herrn. Die roch nach Essen (unangenehmes Essen nach Coralines Einschätzung, aber sie wusste, dass das eine Geschmacksfrage war; sie mochte nun mal keine Gewürze und Kräuter und exotische Sachen). Die Wohnung hier hingegen roch, als hätte man alle exotischen Gerichte der Welt hier abgestellt und vergammeln lassen.

»Kleines Mädchen«, sagte eine rasselnde Stimme aus einem hinteren Zimmer.

»Ja«, sagte Coraline. *Ich habe keine Angst,* hielt sie sich selbst vor, und während sie das dachte, wurde ihr klar, dass es stimmte. Hier war nichts, was sie schrecken konnte. Diese Wesen – selbst das Ding im Keller – waren Trugbilder, Dinge, die ihre andere Mutter als grausige Parodie der echten Menschen und der wirklichen Dinge am anderen Ende des Korridors geschaffen hatte. Coraline kam zu dem Ergebnis, dass die andere Mutter gar nicht wirklich etwas erschaffen konnte. Sie konnte nur Dinge nachahmen und verdrehen und verzerren, die bereits existierten.

Und dann begann sich Coraline darüber zu wundern, wieso die andere Mutter eine Schneekugel auf den Kaminsims in der guten Stube gestellt hatte. In Coralines Welt war der Kaminsims nämlich völlig kahl.

Sobald sie sich diese Frage gestellt hatte, wurde ihr klar, dass es darauf eine Antwort gab.

Dann erklang wieder die Stimme und ihr Gedankengang wurde unterbrochen.

»Komm her, kleines Mädchen. Ich weiß, was du willst, kleines Mädchen.« Es war eine rasselnde Stimme, kratzig und trocken. Coraline musste dabei an ein riesiges totes Insekt denken. Das war natürlich albern, wie sie sehr wohl wusste. Wie konnte etwas Totes – und dann noch ein totes Insekt – eine Stimme haben?

Sie ging durch mehrere Zimmer mit niedrigen, schrägen Wänden, bis sie zum letzten Zimmer kam. Es war ein Schlafzimmer und der andere verrückte alte Herr von oben saß in der hintersten Ecke, fast im Dunkeln, mit dem Hut auf dem Kopf und in seinen Mantel gehüllt. Als Coraline hereinkam, fing er an zu sprechen.

»Nichts hat sich verändert, kleines Mädchen«, sagte er, und seine Stimme klang wie das Geräusch, das dürre Blätter machen, wenn sie über den Bürgersteig rascheln. »Was wäre denn schon, wenn du alles so machen würdest, wie du's geschworen hast? Was dann? Nichts hat sich verändert. Du würdest nach Hause gehen. Du würdest dich langweilen. Man würde dich nicht beachten. Niemand hört dir zu, hört dir richtig zu. Du bist zu klug und zu leise für sie; das können sie nicht verstehen. Sie kriegen ja noch nicht mal deinen Namen richtig hin. Bleib hier bei uns«, sagte die Stimme der Gestalt ganz hinten im Zimmer. »Wir werden dir zuhören und mit dir spielen und mit dir lachen. Deine andere Mutter wird dir ganze Welten errichten, die du erkunden kannst, und jeden Abend, wenn du fertig bist, wird sie alles wieder abreißen. Jeder Tag wird schöner und bunter sein als der Tag zuvor. Erinnerst du dich noch an die Spielzeugkiste? Um wie viel besser wäre eine Welt, die so erbaut wird, und alles nur für dich?«

»Und wird es graue, nasse Tage geben, an denen ich einfach nicht weiß, was ich tun soll, und es gibt nichts zu lesen und nichts im Fernsehen und man kann nicht raus und der Tag zieht sich ewig dahin?«, fragte Coraline.

Aus den dunklen Schatten heraus sagte der Mann: »Niemals.«

»Und wird es grässliches Essen geben, mit Gerichten, die nach Rezepten gekocht sind, mit Knoblauch und Estragon und Pferdebohnen darin?«, fragte Coraline.

»Jede Mahlzeit wird eine wahre Wonne sein«, flüsterte die Stimme unter dem Hut des alten Herrn hervor. »Du wirst nichts bekommen, was dich nicht rundum begeistert.«

»Und kriege ich Handschuhe in grüner Leuchtfarbe und gelbe Gummistiefel, die wie Frösche geformt sind?«, fragte Coraline.

»Frösche, Enten, Rhinozerosse, Tintenfische – was dein Herz begehrt. Die Welt wird jeden Morgen neu für dich erbaut. Wenn du hier bleibst, kannst du haben, was immer du willst.«

Coraline seufzte. »Du verstehst das wirklich nicht, stimmt's?«, sagte sie. »Ich *will* gar nicht alles haben, was ich will. Das will kein Mensch. Nicht wirklich. Wo bliebe der Spaß dabei, wenn ich einfach alles kriegen würde, was ich will? Einfach so, ohne dass es mir etwas *bedeutet?* Und was dann?«

»Das verstehe ich nicht«, sagte die flüsternde Stimme.

»Klar kannst du das nicht verstehen«, sagte Coraline und hielt sich den Stein mit dem Loch in der Mitte vors

Auge. »Du bist ja auch nur eine schlechte Kopie, die sie von dem verrückten alten Herrn von oben angefertigt hat.«

»Jetzt nicht mal mehr das«, sagte die leblose Flüsterstimme. Von dem Regenmantel des alten Herrn ging ungefähr in Brusthöhe ein Leuchten aus. Durch das Loch im Stein funkelte und blitzte das Leuchten so bläulich weiß wie ein Stern. Coraline hätte gern einen Stock gehabt, mit dem sie an ihm herumstochern könnte – sie hatte nicht die geringste Lust, dem Mann im dunklen Schatten hinten im Zimmer näher zu kommen.

Aber sie trat einen Schritt näher an ihn heran und da zerfiel er. Aus den Ärmeln, unter dem Mantel und aus dem Hut sprangen schwarze Ratten hervor, zwanzig und mehr, mit roten Augen, die in der Dunkelheit leuchteten. Sie quiekten und sie flohen. Der Mantel begann zu flattern und sackte zu Boden. Der Hut rollte in die Ecke.

Coraline streckte die Hand aus und zog den Mantel auseinander. Er war leer, fühlte sich aber speckig an. Von der letzten Glasmurmel fand sich keine Spur darin. Coraline lugte durch das Loch im Stein und ließ den Blick durchs Zimmer schweifen. Dabei entdeckte sie in der Nähe der Tür etwas, das in Fußbodenhöhe wie ein Stern funkelte und glühte. Die größte der schwarzen Ratten hielt es in den Vorderpfoten. Als Coraline zu ihr hinsah, huschte sie davon.

Die anderen Ratten beobachteten Coraline aus den Augenwinkeln, als sie hinterherlief.

Also, Ratten können schneller rennen als Menschen, vor allem auf Kurzstrecken. Aber eine große, schwarze Ratte mit einer Murmel in den beiden Vorderpfoten kommt nicht gegen ein Mädchen an (auch wenn es klein für sein Alter ist), das wild entschlossen drauflosrennt. Kleinere schwarze Ratten liefen ihr kreuz und quer über den Weg und versuchten sie abzulenken, aber Coraline ignorierte sie alle und behielt unverwandt die Ratte mit der Murmel im Auge, die geradewegs aus der Wohnung lief, zur Haustür hin.

Sie kamen an der Treppe draußen am Haus an.

Coraline blieb gerade genug Zeit, um festzustellen, dass auch das Haus sich immer weiter veränderte. Noch während sie die Stufen hinunterstürmte, wurde es undeutlicher und flacher. Es erinnerte jetzt gar nicht mehr so sehr an ein Haus, sondern eher an die Fotografie eines Hauses. Doch dann raste sie einfach holterdiepolter die Treppe hinunter, immer hinter der Ratte her und fest davon überzeugt, dass sie aufholte, und in ihrem Kopf war für nichts anderes mehr Platz. Sie lief schnell – allzu schnell, wie sie feststellen musste, als sie an einem Treppenabsatz angelangt war und ihr Fuß ins Rutschen geriet und sich verdrehte und sie mit voller Wucht auf dem Beton landete.

Sie hatte sich das linke Knie aufgeschlagen, die Hand,

mit der sie sich hatte abstützen wollen, war böse aufgeschürft und in der Haut steckten kleine Steinchen. Es tat ein bisschen weh und sie wusste, dass es schon bald sehr viel ärger wehtun würde. Sie klaubte sich die Steinchen aus der Handfläche und rappelte sich wieder auf, so schnell es nur ging. Obwohl sie wusste, dass sie verloren hatte und es bereits zu spät war, stieg sie zum letzten Treppenabsatz im Erdgeschoss hinunter.

Sie hielt nach der Ratte Ausschau, aber sie war verschwunden und mit ihr auch die Murmel.

Ihre aufgeschürfte Hand brannte und aus ihrem Knie lief Blut am Bein ihrer zerrissenen Schlafanzughose hinunter. Es war so schlimm wie in dem Sommer, als ihre Mutter die Stützräder von Coralines Fahrrad entfernt hatte, aber damals, in jener vergangenen Zeit, hatte sie bei all den Schrammen und Hautabschürfungen (auf ihrem Knie bildeten sich auf verkrusteten Wunden immer neue Krusten) das Gefühl gehabt, etwas geleistet zu haben. Sie lernte etwas, machte etwas, was sie bisher nicht gekonnt hatte. Jetzt empfand sie nichts als kaltes Versagen. Sie hatte die Geisterkinder im Stich gelassen. Sie hatte ihre Eltern im Stich gelassen. Sie hatte sich selbst im Stich gelassen, in allem versagt.

Sie schloss die Augen und wünschte sich, dass der Boden sich auftäte und sie verschlang.

Ein Hüsteln ertönte.

Sie machte die Augen auf und sah die Ratte. Sie lag auf

dem mit Backsteinen befestigten Weg unten an der Treppe, mit einem verblüfften Ausdruck in ihrem Gesicht – das jetzt etliche Zentimeter von ihrem Rest entfernt war. Die Schnurrhaare waren steif, die Augen waren weit aufgerissen und man konnte die Zähne sehen, die gelb waren und scharf. Rings um den Hals glitzerte ein Kragen aus nassem Blut.

Neben der enthaupteten Ratte saß der schwarze Kater und schaute sehr selbstzufrieden drein. Er legte eine Pfote auf die graue Glasmurmel.

»Wenn ich mich recht erinnere«, sagte der Kater, »habe ich einmal erwähnt, dass ich Ratten auch unter den günstigsten Umständen nicht leiden kann. Wie's aussah, hast du diese Ratte hier aber dringend gebraucht. Du hast doch hoffentlich nichts dagegen, dass ich mich eingemischt habe.«

»Ich glaube«, sagte Coraline und rang japsend nach Luft, »ich glaube, du hast – so was Ähnliches – mal gesagt.«

Der Kater nahm die Pfote von der Murmel, die daraufhin zu Coraline hinrollte. Sie hob die Murmel auf. In ihrem Kopf begann eine letzte Stimme in dringlichem Tonfall zu flüstern.

»Sie hat dich angelogen. Jetzt, wo sie dich hat, wird sie dich nie mehr hergeben. Sie wird auch uns genauso wenig freilassen, wie sie ihr Wesen ändern wird.«

Coraline sträubten sich die Nackenhaare und sie

wusste, dass die Stimme des Mädchens die Wahrheit sagte. Sie steckte die Murmel zu den anderen beiden in die Tasche ihres Morgenmantels.

Jetzt hatte sie alle drei Murmeln.

Sie musste nur noch ihre Eltern finden.

Und zu ihrer Verblüffung stellte Coraline fest, dass dieser Teil ihrer Aufgabe leicht war. Sie wusste ganz genau, wo ihre Eltern waren. Wenn sie nur einmal scharf nachgedacht hätte, wäre ihr das vielleicht schon die ganze Zeit klar gewesen. Die andere Mutter konnte nichts erschaffen. Sie konnte nur umwandeln und verzerren und verändern.

Der Kaminsims in der guten Stube zu Hause war ganz kahl. Aber mit diesem Wissen wusste sie auch noch etwas anderes.

»Die andere Mutter. Sie will ihr Versprechen nicht halten. Sie wird uns nicht gehen lassen«, sagte Coraline.

»Das ist ihr zuzutrauen«, räumte der Kater ein. »Wie gesagt, es gibt keine Garantie, dass sie sich an die Spielregeln halten wird.« Und dann hob er den Kopf. »Hallo – hast du das gesehen?«

»Was denn?«

»Sieh hinter dich«, sagte der Kater.

Das Haus war noch flacher geworden. Jetzt sah es nicht mal mehr wie ein Foto aus, sondern eher wie eine Zeichnung, eine grobe Kohleskizze von einem Haus, auf graues Papier hingekritzelt.

»Was auch passieren mag«, sagte Coraline, »auf jeden Fall vielen Dank für deine Hilfe mit der Ratte. Ich schätze, ich hab's fast geschafft, oder? Mach du dich also in den Nebel davon oder wohin du eben gehst – und ich, na, ich hoffe, dass ich dich zu Hause wieder sehe. Wenn sie mich nach Hause lässt.«

Der Kater sträubte das Fell und die Schwanzhaare waren so steil aufgerichtet, dass der Schwanz wie der Besen eines Schornsteinfegers aussah.

»Was ist los?«, fragte Coraline.

»Sie sind weg«, sagte der Kater. »Sie sind nicht mehr da. Die Ein- und Ausgänge von diesem Ort hier. Alles wurde platt gemacht.«

»Ist das schlimm?«

Der Kater senkte den Schwanz und peitschte ihn zornig hin und her. Ganz hinten in der Kehle gab er ein leises Knurren von sich. Er ging im Kreis, bis sein Gesicht von Coraline abgewandt war, und dann kam er wieder zurück, steifbeinig, einen Schritt nach dem anderen, bis er gegen Coraline stieß und ihr um die Beine strich. Sie langte nach unten und streichelte ihn, und dabei konnte sie spüren, wie heftig sein Herz schlug. Er zitterte wie ein welkes Blatt im Sturm.

»Dir passiert nichts«, sagte Coraline. »Alles wird gut. Ich bring dich nach Hause.«

Der Kater schwieg.

»Komm mit, Kater«, sagte Coraline. Sie trat einen

Schritt zurück, zur Treppe hin, aber der Kater blieb, wo er war. Er schaute jämmerlich drein und wirkte seltsamerweise viel kleiner.

»Wenn der einzige Weg hier heraus an ihr vorbeiführt«, sagte Coraline, »dann gehen wir eben dort entlang.« Sie ging zum Kater zurück, bückte sich und hob ihn hoch. Der Kater leistete keinen Widerstand. Er zitterte nur. Sie stützte ihn mit einer Hand am Hinterteil und legte sich seine Vorderbeine auf die Schultern. Der Kater war schwer, aber nicht so schwer, dass sie ihn nicht hätte tragen können. Er leckte ihr über die Handfläche, wo Blut aus der Schürfwunde quoll.

Stufe für Stufe stieg Coraline die Treppe hoch, wieder in ihre Wohnung zurück. Sie war sich der Murmeln bewusst, die in ihrer Tasche klapperten, sie war sich des Steins mit dem Loch in der Mitte bewusst und des Katers, der sich an sie schmiegte.

Sie kam an der Wohnungstür an, die jetzt nur noch ein Kindergekrakel von einer Tür war, und stieß kräftig dagegen. Fast rechnete sie damit, dass ihre Hand hindurchstoßen würde und dahinter nichts als schwarze Dunkelheit mit ein paar vereinzelten Sternen wäre.

Aber die Tür ging auf und Coraline trat hindurch.

11.

In ihrer Wohnung oder vielmehr in der Wohnung, die nicht ihre Wohnung war, stellte Coraline erfreut fest, dass sich dort im Gegensatz zum Rest des Hauses nicht alles in so eine leere Kritzelzeichnung verwandelt hatte. Die Wohnung hatte Tiefe und dunkle Schatten und jemanden, der in den dunklen Schatten stand und auf Coralines Rückkehr wartete.

»Da bist du ja wieder«, sagte ihre andere Mutter. Sie hörte sich nicht erfreut an. »Und du hast Ungeziefer mitgebracht.«

»Nein«, sagte Coraline. »Ich habe einen Freund mitgebracht.« Sie konnte spüren, wie der Kater unter ihren Händen ganz starr und steif wurde, als wollte er unbedingt weg hier. Am liebsten hätte Coraline sich an ihm festgeklammert wie an einem Teddybären, aber sie wusste, wie ungern Katzen sich drücken lassen, und sie hatte den Verdacht, dass verängstigte Katzen zum Kratzen und Beißen neigten, wenn sie gereizt wurden. Auch dann, wenn sie eigentlich zu einem hielten.

»Du weißt, dass ich dich liebe«, sagte die andere Mutter mit matter, ausdrucksloser Stimme.

»Da hast du aber eine komische Art, es zu zeigen«, sagte Coraline. Sie ging den Flur entlang, ganz gleichmäßig, Schritt um Schritt, und sie tat so, als könnte sie nicht die leeren schwarzen Augen der anderen Mutter spüren, die sich in ihren Rücken bohrten. Dann bog sie in die gute Stube ab. Die steifen Möbel ihrer Großmutter waren noch da und an der Wand hing das Bild mit dem seltsamen Obst, aber jetzt war das Obst auf dem Gemälde aufgegessen und in der Schale lag nur noch ein Apfelkerngehäuse, das schon braun wurde. Der Tisch scharrte mit seinen hölzernen Löwentatzen über den Teppich, als wartete er ungeduldig auf etwas. Hinten im Zimmer, in der Ecke, befand sich die Holztür, die früher einmal, an einem anderen Ort, zu einer schlichten Backsteinmauer geführt hatte. Coraline gab sich Mühe, nicht auf die Tür zu starren. Hinter dem Fenster war nichts als Nebel zu sehen.

Jetzt war es so weit, das wusste Coraline. Der Augenblick der Wahrheit war gekommen. Die Zeit, um alles zu klären.

Die andere Mutter war ihr in die gute Stube gefolgt. Jetzt baute sie sich mitten im Zimmer auf, zwischen Coraline und dem Kaminsims, und sah mit schwarzen Knopfaugen auf Coraline hinab.

Das ist komisch, dachte Coraline. Die andere Mutter

sah ihrer richtigen Mutter kein bisschen ähnlich. Sie fragte sich, wie sie sich jemals so sehr hatte täuschen lassen, dass sie sich eine Ähnlichkeit eingebildet hatte. Die andere Mutter war riesig – ihr Kopf stieß fast an die Decke – und ganz bleich, so fahl wie der Bauch einer Spinne. Die Haare wanden und schlangen sich um ihren Kopf und ihre Zähne waren messerscharf . . .

»Na?«, sagte die andere Mutter schroff. »Wo sind sie?«

Coraline lehnte sich an einen Sessel, rückte mit der linken Hand den Kater zurecht und holte mit der rechten die drei Glasmurmeln aus der Tasche. Sie waren grau mattiert und sie klackten auf ihrer Handfläche aneinander. Die andere Mutter streckte ihre weißen Finger danach aus, aber Coraline ließ die Murmeln wieder in die Tasche gleiten. Jetzt wusste sie, dass es wirklich so war: Die andere Mutter hatte nicht die Absicht, Wort zu halten und sie gehen zu lassen. Für sie war das nichts als eine Belustigung gewesen. »Augenblick noch«, sagte sie. »Wir sind noch nicht fertig, stimmt's?«

Die andere Mutter durchbohrte sie mit ihren Blicken, setzte aber ein süßes Lächeln auf. »Nein«, sagte sie. »Wohl nicht. Schließlich musst du erst noch deine Eltern finden, nicht wahr?«

»Ja«, sagte Coraline. *Ich darf nicht zum Kaminsims hinsehen*, dachte sie. *Ich darf noch nicht mal an ihn denken.*

»Na?«, sagte die andere Mutter wieder. »Dann hol sie doch hervor. Möchtest du noch mal im Keller nachsehen? Dort habe ich nämlich auch noch andere interessante Dinge versteckt.«

»Nein«, sagte Coraline. »Ich weiß, wo meine Eltern sind.«

Der Kater lastete schwer auf ihren Armen. Sie schob ihn ein Stück vor und löste dabei seine Krallen von ihrer Schulter.

»Wo denn?«

»Das ist doch logisch«, sagte Coraline. »Ich habe sie überall gesucht, wo du sie versteckt haben könntest. Sie sind nicht im Haus.«

Die andere Mutter stand ganz still, mit fest zusammengepressten Lippen, und ließ sich nichts anmerken. Sie hätte ebenso gut eine Wachsfigur sein können. Sogar ihre Haare hörten auf zu zappeln.

»Also«, fuhr Coraline fort, beide Hände fest um den schwarzen Kater geschlungen. »Ich weiß, wo sie sein müssen. Du hast sie in dem Gang zwischen den Häusern versteckt, stimmt's? Sie sind hinter dieser Tür.« Sie wies mit einem Kopfnicken zur Tür hinten in der Ecke.

Die andere Mutter blieb stocksteif stehen, aber die Andeutung eines Lächelns schlich sich wieder in ihr Gesicht. »Ach, dort sind sie also, ja?«

»Warum machst du nicht auf?«, sagte Coraline. »Sie sind dort, ganz bestimmt.«

Sie wusste, dass das ihre einzige Möglichkeit war, nach Hause zu kommen. Doch alles hing von der Schadenfreude der anderen Mutter ab, von ihrem Bedürfnis, nicht nur zu gewinnen, sondern ihren Sieg auch noch hämisch vorzuführen.

Langsam langte die andere Mutter in die Schürzentasche und holte den schwarzen Eisenschlüssel hervor. Der Kater regte sich unbehaglich in Coralines Armen, als wollte er hinunter. *Bleib doch nur noch einen Augenblick länger,* dachte sie und fragte sich, ob er sie wohl hören konnte. *Ich bringe uns beide nach Hause. Das hab ich dir doch gesagt. Ehrenwort.* Sie spürte, wie der Kater in ihren Armen sich ein ganz klein wenig entspannte.

Die andere Mutter ging zur Tür und steckte den Schlüssel ins Schloss.

Sie drehte den Schlüssel um.

Coraline hörte das schwerfällige *Klick* des Mechanismus. So leise sie konnte, begann sie Schritt für Schritt zum Kaminsims zurückzuweichen.

Die andere Mutter drückte die Türklinke hinunter und machte die Tür auf, hinter der ein dunkler, leerer Korridor sichtbar wurde. »So«, sagte sie und wedelte mit der Hand zum Korridor hin. Der entzückte Ausdruck auf ihrem Gesicht war ein äußerst schrecklicher Anblick. »Du liegst völlig falsch ! Du *weißt* nämlich gar nicht, wo deine Eltern sind, nicht wahr? Sie sind nicht da.« Damit drehte sie sich um und sah Coraline an. »Und jetzt«, sagte sie, »bleibst du für immer und ewig hier.«

»Nein«, sagte Coraline, »ich bleibe nicht.« Und sie

schleuderte der anderen Mutter den schwarzen Kater entgegen, so fest sie nur konnte. Er jaulte auf und landete auf dem Kopf der anderen Mutter, mit ausgefahrenen Krallen und gefletschten Zähnen, wild und voller Wut. Mit dem gesträubten Fell sah er wieder so groß aus wie im wirklichen Leben.

Ohne abzuwarten, was als Nächstes passierte, langte Coraline zum Kaminsims hoch, schloss die Hand um die Schneekugel und steckte sie tief in die Tasche ihres Morgenmantels.

Der Kater stieß ein tiefes, heulendes Jaulen aus und schlug seine Zähne in die Wange der anderen Mutter. Sie fuchtelte wild mit den Armen. Aus den Kratzern in ihrem weißen Gesicht lief Blut – kein rotes Blut, sondern eine tiefschwarze, teerartige Masse. Coraline rannte zur Tür.

Sie zog den Schlüssel aus dem Schloss.

»Lass sie! Komm!«, rief sie dem Kater zu. Er fauchte und fuhr mit seinen rasiermesserscharfen Krallen in das Gesicht der anderen Mutter, mit einer einzigen, wilden Bewegung, nach der aus mehreren tiefen Kratzern auf der Nase der anderen Mutter etwas Zähflüssiges, Schwarzes quoll. Dann sprang er von ihr hinunter, auf Coraline zu. »Schnell!«, sagte sie.

Der Kater rannte zu ihr und sie traten beide in den dunklen Korridor.

Dort war es kälter, so wie wenn man an einem warmen

Tag einen Keller betritt. Der Kater zögerte einen Augenblick, doch als er sah, dass die andere Mutter auf sie zukam, lief er zu Coraline und machte an ihren Beinen Halt.

Coraline begann die Tür zuzuziehen.

Sie war schwerer, als sie es bei einer Tür für möglich gehalten hätte, und sie zu schließen war so, als wollte man eine Tür bei starkem Gegenwind zuziehen. Und dann spürte sie, wie jemand auf der anderen Seite in die entgegengesetzte Richtung zog.

Geh zu!, dachte sie. Dann sagte sie laut: »Mach schon! *Bitte!*« Und sie spürte, wie die Tür in Bewegung kam, sich zu schließen begann, sich gegen den Phantomwind stemmte.

Mit einem Mal wurde ihr bewusst, dass noch andere bei ihr im Korridor waren. Sie konnte sich nicht nach ihnen umdrehen, wusste aber auch so, wer es war, ohne zu ihnen hinsehen zu müssen. »Bitte helft mir«, sagte sie. »Alle zusammen.«

Die anderen im Korridor – drei Kinder, zwei Erwachsene – hatten irgendwie zu wenig Materie, um die Tür anfassen zu können. Aber ihre Hände umschlossen die von Coraline, als sie an der großen, eisernen Türklinke zog, und plötzlich fühlte sie sich stark.

»Nur nicht nachlassen, Miss! Halt aus! Halt aus!«, flüsterte eine Stimme in ihrem Kopf.

»Zieh, Mädchen, zieh!«, flüsterte eine andere Stimme.

Und dann kam eine Stimme, die sich nach der ihrer Mutter anhörte – ihrer eigenen Mutter, ihrer echten, herrlichen, nervtötenden, einen zum Wahnsinn treibenden, wunderbaren Mutter. Sie sagte nur: »Das hast du gut gemacht, Coraline«, und das genügte.

Die Tür begann ins Schloss zu fallen, so leicht und mühelos wie nur was.

»Nein!«, schrie eine Stimme hinter der Tür und diese Stimme hatte jetzt gar nichts Menschliches mehr an sich.

Etwas langte durch den schmaler werdenden Spalt zwischen Tür und Türrahmen und schnappte nach Coraline. Sie riss den Kopf zurück und konnte dem Griff entgehen, aber die Tür begann sich jetzt wieder zu öffnen.

»Wir gehen nach Hause«, sagte Coraline. »Auf jeden Fall. Helft mir!« Und sie wich den Fingern aus, die nach ihr langten.

Da handelten die anderen für sie: Geisterhände verliehen ihr die Kraft, die sie nicht mehr besaß. Es gab noch einen letzten Widerstand, als hätte sich etwas in der Tür verfangen. Das hielt einen Augenblick an, und dann schlug die hölzerne Tür mit einem lauten Knall zu.

Aus Coralines Kopfhöhe fiel etwas zu Boden und landete mit einem Plumps, in dem ein seltsames Trippeln enthalten war.

»Komm weiter!«, sagte der Kater. »Das hier ist kein guter Ort, um sich darin aufzuhalten. Mach schnell!«

Coraline wandte der Tür den Rücken zu. So schnell, wie es nur ging, rannte sie durch den dunklen Korridor und fuhr dabei mit der Hand an der Wand entlang, damit sie nirgends dagegen stieß oder in der Finsternis die Orientierung verlor und in die entgegengesetzte Richtung lief.

Es ging bergauf und Coraline kam es so vor, als führte ihr Lauf über eine längere Strecke, als es überhaupt möglich war. Die Wand fühlte sich jetzt warm an und gab nach, und Coraline wurde sich dessen bewusst, dass sie sich anfühlte, als wäre sie mit einem zarten Daunenpelz überzogen. Und sie bewegte sich, als atmete sie. Coraline zog die Hand weg.

Im Dunkeln heulte der Wind.

Aus Angst, irgendwo dagegen zu stoßen, streckte sie wieder die Hand aus und tastete nach der Wand. Diesmal berührte sie etwas Heißes, Nasses, als hätte sie jemandem in den Mund gegriffen, und sie zog mit einem kleinen Jammerlaut die Hand wieder zurück.

Ihre Augen hatten sich inzwischen an die Dunkelheit gewöhnt. Undeutlich konnte sie zwei Erwachsene und drei Kinder als schwach schimmernde Flecken vor sich ausmachen. Und sie konnte auch den Kater hören, der auf leisen Pfoten vor ihr durch das Dunkel lief.

Und da war noch etwas, was ihr plötzlich zwischen die Füße huschte, sodass sie fast kopfüber hingeflogen wäre. Bevor sie zu Boden ging, fing sie sich wieder und nutzte ihren eigenen Schwung, um weiter in Bewegung zu bleiben. Sie wusste, dass sie vielleicht nie mehr aufstehen würde, wenn sie in diesem Korridor hinfiel. Was immer dieser Korridor auch sein mochte, er war auf jeden Fall um vieles älter als die andere Mutter. Er war tief und träge, und er wusste, dass sie da war . . .

Dann tauchte Tageslicht auf und sie rannte keuchend und japsend darauf zu. »Wir sind fast da«, rief sie aufmunternd, aber im Lichtschein entdeckte sie, dass die Geistererscheinungen verschwunden waren. Sie war allein. Ihr blieb keine Zeit, um sich darüber Gedanken zu machen, was aus ihnen geworden war. Schwer atmend torkelte sie durch die Tür und schlug sie hinter sich zu, mit einem Knall, der so laut und befriedigend war, wie man es sich nur vorstellen kann.

Coraline versperrte die Tür mit dem Schlüssel und steckte ihn wieder in die Tasche.

Der schwarze Kater kauerte in der hintersten Zimmerecke. Er hatte die Augen weit aufgerissen und die rosa Spitze seiner Zunge war zu sehen. Coraline trat zu ihm hin und hockte sich neben ihn.

»Entschuldige«, sagte sie. »Es tut mir Leid, dass ich dich zu ihr geworfen habe, aber das war die einzige Möglichkeit, sie lange genug abzulenken, damit wir alle entkommen können. Sie hätte nie und nimmer Wort gehalten, stimmt's?«

Der Kater schaute zu ihr auf. Dann schmiegte er seinen

Kopf an ihre Hand und leckte ihr mit seiner rauen Zunge über die Finger. Er fing an zu schnurren.

»Dann sind wir also Freunde?«, sagte Coraline.

Sie setzte sich in einen der unbequemen Lehnstühle ihrer Großmutter und der Kater sprang ihr auf den Schoß und machte es sich gemütlich. Das Licht, das durch das große Fenster fiel, war Tageslicht, das echte goldene Licht des Spätnachmittags, kein weißes, nebliges Licht. Der Himmel war grünlich blau und Coraline konnte Bäume sehen und hinter den Bäumen grüne Hügel, die am Horizont zu Lila und Grau verschmolzen. Noch nie war der Himmel so sehr *Himmel* gewesen, noch nie war die Welt so sehr *Welt* gewesen.

Coraline betrachtete die Blätter an den Bäumen und das Muster aus Licht und Schatten auf der rissigen Borke am Stamm der alten Buche draußen vor dem Fenster. Dann sah sie auf ihren Schoß hinunter, wo das üppige Sonnenlicht seine Strahlen über jedes einzelne Haar am Kopf des Katers gleiten ließ und die weißen Schnurrhaare in Gold verwandelte.

Noch nie, dachte sie, ist etwas so *interessant* gewesen.

All das Interessante der Welt nahm Coraline so gefangen, dass sie es kaum wahrnahm, wie sie nach unten rutschte und sich wie eine Katze im unbequemen Lehnstuhl ihrer Großmutter zusammenkuschelte. Und sie merkte auch nichts davon, dass sie in einen tiefen, traumlosen Schlaf fiel.

12.

Ihre Mutter rüttelte sie behutsam wach.

»Coraline?«, sagte sie. »Schätzchen, was für ein komischer Ort zum Schlafen. Und eigentlich soll das Zimmer ja nur für besondere Anlässe sein. Wir haben dich schon im ganzen Haus gesucht.«

Coraline streckte sich und blinzelte sich den Schlaf aus den Augen. »Tut mir Leid«, sagte sie. »Ich bin eingeschlafen.«

»Das sehe ich«, sagte ihre Mutter. »Und wo ist dieser Kater denn nur hergekommen? Als ich nach Hause kam, wartete er an der Tür. Und er ist wie der Blitz davongesaust, sowie ich die Tür aufgemacht hatte.«

»Wahrscheinlich hatte er was zu erledigen«, sagte Coraline. Dann umarmte sie ihre Mutter und drückte sie so fest, dass ihr die Arme wehtaten. Ihre Mutter erwiderte die Umarmung.

»In einer Viertelstunde gibt's Essen«, sagte ihre Mutter. »Vergiss nicht, dir die Hände zu waschen. Und sieh dir doch nur mal deine Schlafanzughose an! Was hast du mit deinem armen Knie angestellt?«

»Ich bin hingefallen«, sagte Coraline. Sie ging ins Bad, wusch sich die Hände und säuberte das blutige Knie. Sie schmierte Salbe auf ihre Kratzer und Schürfwunden.

Sie ging in ihr Zimmer – ihr echtes Zimmer, ihr wahres Zimmer. Sie langte in die Tasche ihres Morgenmantels und holte drei Murmeln daraus hervor, einen Stein mit einem Loch in der Mitte, den schwarzen Schlüssel und eine leere Schneekugel.

Sie schüttelte die Schneekugel und sah zu, wie der glitzernde Schnee durch das Wasser wirbelte, um die leere Welt zu füllen. Sie stellte die Schneekugel hin und sah zu, wie der Schnee sich herabsenkte und die Stelle bedeckte, wo einmal ein Pärchen gestanden hatte.

Coraline holte ein Stück Schnur aus ihrer Spielzeugkiste und zog den Schlüssel auf die Schnur. Dann knotete sie die Schnur zusammen und hängte sich den Schlüssel um den Hals.

»So«, sagte sie zum Abschluss. Sie zog sich an und versteckte den Schlüssel unter ihrem T-Shirt. Er lag ihr kalt auf der Haut. Der Stein kam in ihre Tasche.

Sie ging durch den Flur zum Arbeitszimmer ihres Vaters. Er saß mit dem Rücken zu ihr, aber als sie ihn so sah, wusste sie, dass seine Augen die freundlichen grauen Augen ihres Vaters sein würden, wenn er sich umdrehte, und sie schlich sich an ihn heran und küsste ihn auf den Hinterkopf mit dem schütteren Haar.

»Hallo, Coraline«, sagte er. Dann drehte er sich um und lächelte sie an. »Wofür war das denn?«

»Nur so«, sagte Coraline. »Manchmal fehlst du mir eben, das ist alles.«

»Oh, schön«, sagte er. Er legte seinen Computer schlafen, stand auf und dann schwenkte er Coraline ohne jeden Grund hoch in die Luft. Das hatte er sehr lange nicht mehr gemacht, schon seit der Zeit nicht mehr, als er sie darauf hinzuweisen begann, dass sie viel zu alt wäre, um noch getragen zu werden. Aber jetzt hob er sie hoch und trug sie in die Küche.

Zum Abendessen gab es Pizza, und obwohl ihr Vater sie selbst gebacken hatte (was bedeutete, dass die Kruste entweder dick und teigig und halb roh war oder zu dünn und verbrannt) und obwohl die Pizza mit klein geschnittenen grünen Paprikaschoten und Fleischklößchen belegt war und außerdem auch noch mit Ananasstückchen, aß Coraline das ganze Stück auf, das sie bekommen hatte.

Also, sie aß alles bis auf die Ananasstücke.

Und schon bald war es Zeit zum Schlafengehen.

Den Schlüssel behielt Coraline um den Hals, aber sie legte die grauen Murmeln unter ihr Kissen. Und als Coraline in der Nacht im Bett lag, träumte sie.

Im Traum machte sie ein Picknick unter einer alten Eiche auf einer grünen Wiese. Die Sonne stand hoch am Himmel, und während es am Horizont ein paar weit entfernte Wattewölkchen gab, war der Himmel direkt über ihr von einem tiefen, ungetrübten Blau.

Auf dem Gras war ein weißes Leinentuch ausgebreitet, auf dem bis zum Rand gefüllte Schüsseln und Platten standen – Coraline konnte Salate und belegte Brote sehen, Nüsse und Obst, Krüge mit Limonade und Wasser und dickem Kakao. Sie saß an einer Seite des Tischtuchs, während drei weitere Kinder die übrigen Seiten einnahmen. Sie hatten höchst sonderbare Sachen an.

Das kleinste der Kinder, links von Coraline, war ein Junge mit roten Kniehosen aus Samt und einem weißen Rüschenhemd. Sein Gesicht war schmutzig und er lud sich den Teller voll mit neuen Kartoffeln und etwas, was wie eine ganze, gekochte kalte Forelle aussah. »Was für ein prächtiges Picknick, Lady«, sagte er zu ihr.

»Ja«, sagte Coraline. »Das finde ich auch. Wer das wohl ausgerichtet hat?«

»Oh, ich möchte doch meinen, das warst du, Miss«, sagte ein großes Mädchen, das Coraline gegenübersaß. Sie hatte ein braunes, ziemlich formloses Kleid an und trug eine braune Haube, die unter dem Kinn gebunden war. »Und wir sind dafür und für alles andere so dankbar, dass sich das gar nicht in Worte fassen lässt.« Sie aß Marmeladenbrote, schnitt mit einem riesigen Messer von einem großen, goldbraunen Brotlaib flink und geschickt eine Scheibe nach der anderen ab und gab dann mit einem Holzlöffel eine lilafarbene Marmelade darauf. Ihr Mund war ringsum mit Marmelade verschmiert.

»Ja. So feines Essen habe ich schon seit Jahrhunderten nicht mehr bekommen«, sagte das Mädchen rechts von Coraline. Sie war ein sehr blasses Kind und war in etwas gehüllt, was wie Spinnweben aussah. Dazu trug sie einen glitzernden Silberreif in ihren blonden Haaren. Coraline hätte schwören können, dass dem Mädchen Flügel aus dem Rücken wuchsen – nicht die Flügel eines Vogels, sondern silbrige Schmetterlingsflügel. Auf dem Teller des Mädchens häuften sich hübsche Blumen. Sie lächelte Coraline zu, als hätte sie schon so lange nicht mehr gelächelt, dass sie fast – aber nicht ganz – vergessen hatte, wie das geht. Coraline stellte fest, dass sie dieses Mädchen auf Anhieb sehr mochte.

Und dann, wie das bei Träumen so ist, war das Picknick vorüber und sie spielten auf der Wiese, liefen umher und riefen sich zu und warfen einen glitzernden Ball von einem zum anderen. Da wusste Coraline, dass es ein Traum war, denn niemand wurde müde oder erschöpft oder atemlos. Sie schwitzte noch nicht mal. Alle lachten nur und rannten in einem Spiel hin und her, das teils Fangen war, teils Räuber und Gendarm und teils einfach nur ein herrliches Toben.

Drei von ihnen liefen auf dem Boden, während das blasse Mädchen ein Stückchen über ihren Köpfen schwebte und mit ihren Schmetterlingsflügeln herabgeschossen kam, um den Ball zu schnappen und sich wieder in den Himmel zu erheben, bevor sie den Ball jemand anderem zuwarf.

Und dann, ohne dass ein Wort darüber gefallen wäre, war das Spiel zu Ende und sie kehrten wieder zum Picknickplatz zurück. Das Geschirr vom Mittagessen war von ihrem Tuch abgeräumt und vier Schüsselchen warteten auf sie, drei mit Eiskrem und eins, in dem sich Geißblattblüten häuften.

Sie aßen mit Genuss.

»Danke, dass ihr zu meiner Party gekommen seid«, sagte Coraline. »Falls es wirklich meine Party war.«

»Die Freude ist ganz auf unserer Seite, Coraline Jones«, sagte das Mädchen mit den Flügeln, während sie an einer Geißblattblüte knabberte. »Wenn es doch nur etwas gäbe, was wir für dich tun könnten, um dir zu danken und dich zu belohnen.«

»Ja«, sagte der Junge mit der roten Samthose und dem schmutzigen Gesicht. Er streckte die Hand aus und nahm Coralines Hand in seine. Sie war ganz warm.

»Du hast etwas sehr Gutes für uns getan, Miss«, sagte das große Mädchen. Jetzt waren ihre Lippen rundum mit Schokoladeneis verschmiert.

»Ich bin einfach nur froh, dass es vorbei ist«, sagte Coraline.

Bildete sie sich das nur ein oder glitt ein Schatten über die Gesichter der anderen Kinder bei dem Picknick?

Das Mädchen mit den Flügeln legte ihre Finger einen Augenblick lang auf Coralines Handrücken. Der Silberreif in ihrem Haar funkelte wie ein Stern.

»Für *uns* ist es vorbei und erledigt«, sagte sie. »Das ist unsere Zwischenstation. Von hier werden wir drei in unbekannte Gefilde aufbrechen, die auf keiner Landkarte verzeichnet sind. Und was danach kommt, davon weiß kein Lebender zu berichten . . .« Sie brach ab.

»Es gibt noch ein *Aber*, stimmt's?«, sagte Coraline. »Das kann ich spüren. Wie eine Regenwolke.«

Der Junge links von ihr versuchte ein tapferes Lächeln aufzusetzen, aber seine Unterlippe fing an zu zittern und er biss darauf und schwieg. Das Mädchen mit der braunen Haube rückte unbehaglich hin und her und sagte: »Ja, Miss.«

»Aber ich habe euch drei zurückgeholt«, sagte Coraline. »Ich habe Mum und Dad wieder. Ich habe die Tür zugeschlagen. Ich habe sie abgesperrt. Was soll ich denn noch mehr tun?«

Der Junge drückte Coralines Hand in seiner. Coraline musste daran denken, wie sie es gewesen war, die ihn mit dieser Geste zu beruhigen versuchte, als er kaum mehr als eine kalte Erinnerung in der Dunkelheit war.

»Also, könnt ihr mir nicht einen Hinweis geben?«, fragte sie. »Gibt es denn *gar* nichts, was ihr mir sagen könnt?«

»Die alte Vettel hat bei ihrer rechten Hand geschworen«, sagte das große Mädchen. »Aber sie hat gelogen.«

»M-meine Gouvernante«, sagte der Junge, »hat immer gesagt, dass niemand mehr aufgebürdet bekommt, als er oder sie tragen kann.« Während er sprach, zuckte er mit den Schultern, als wäre er noch zu keinem Urteil darüber gekommen, ob das stimmte oder nicht.

»Wir wünschen dir alles Gute«, sagte das Mädchen mit den Flügeln. »Viel Glück und Weisheit und Mut – wobei du allerdings schon bewiesen hast, dass du über alle drei dieser Gaben verfügst, und zwar in reichlichem Maße.«

»Sie hasst dich«, platzte der Junge heraus. »Sie hat schon seit langem nichts mehr verloren. Sei klug. Sei tapfer. Sei schlau.«

»Aber das ist so *ungerecht«*, sagte Coraline in ihrem Traum voller Zorn. »Es ist einfach *ungerecht*. Jetzt sollte alles vorüber sein.«

Der Junge mit dem schmutzigen Gesicht stand auf und nahm Coraline ganz fest in die Arme. »Tröste dich damit«, flüsterte er. »Du bist lebendig. Du lebst.«

Und im Traum sah Coraline, dass die Sonne untergegangen war und am dunkler werdenden Himmel Sterne leuchteten.

Coraline stand auf der Wiese und sah zu, wie die drei Kinder (zwei zu Fuß und eines fliegend) das Gras durchquerten, das im Licht eines großen Mondes silbern glänzte, und sich immer weiter von ihr entfernten.

Die drei kamen zu einer kleinen Holzbrücke, die über einen Bach führte. Dort hielten sie an, drehten sich um und winkten und Coraline winkte zurück.

Und danach kam Dunkelheit.

In den frühen Morgenstunden wachte Coraline auf. Sie war sich ganz sicher, dass sie etwas gehört hatte, irgendeine Bewegung, aber sie wusste nicht, was es war.

Sie wartete.

Draußen vor ihrer Zimmertür raschelte etwas. Ob es vielleicht eine Ratte war? Die Tür ratterte. Coraline stieg aus dem Bett.

»Verschwinde«, sagte sie scharf. »Wenn du nicht sofort verschwindest, wird es dir noch Leid tun.«

Eine Pause trat ein. Dann trippelte das, was immer es auch gewesen mochte, den Flur entlang. Die Schritte waren irgendwie seltsam und unregelmäßig – falls es überhaupt Schritte waren. Coraline fragte sich, ob es womöglich eine Ratte mit einem fünften Bein war ...

»Es ist nicht vorbei, nicht wahr?«, sagte sie zu sich selbst.

Dann machte sie die Tür auf. Das graue Licht der beginnenden Morgendämmerung zeigte ihr den gesamten Korridor. Er lag völlig verlassen da.

Sie ging zur Eingangstür und warf dabei einen hastigen Blick zu dem Kleiderschrank-Spiegel zurück, der am anderen Ende des Flurs an der Wand hing. Darin war nichts als ihr eigenes blasses Gesicht zu sehen, das ihr ernst und verschlafen entgegenblickte. Aus dem Elternschlafzimmer drangen sanfte, beruhigende Schnarchtöne, aber die Tür war zu. Alle Türen, die vom Flur abgingen, waren geschlossen. Was immer hier herumtrippelte, musste im Flur sein.

Coraline machte die Eingangstür auf und sah zum grauen Himmel empor. Sie überlegte, wie lange es wohl dauern würde, bis die Sonne aufging, und sie dachte darüber nach, ob ihr Traum wohl echt gewesen war. Dabei wusste sie das tief in ihrem Herzen bereits.

Etwas, das sie für einen Teil der dunklen Schatten unter dem Flursofa gehalten hatte, löste sich daraus hervor und stürzte auf langen, weißen Beinen in wahnsinnigen, hastenden Sätzen zur Eingangstür hin.

Vor Entsetzen blieb Coraline der Mund offen stehen und sie trat beiseite, als das Ding mit klappernden Trippelschritten an ihr vorbei aus dem Haus lief. Mit seinen allzu vielen klickenden, klappernden, trippelnden Füßen rannte es im Krebsgang davon.

Sie wusste, was es war, und sie wusste, was es wollte. In den letzten Tagen hatte sie es schon allzu oft gesehen, wie es griff und krallte und zupackte und gehorsam Küchenschaben in den Mund der anderen Mutter steckte. Fünffüßig, in der Farbe eines Knochens, mit blutroten Nägeln.

Es war die rechte Hand der anderen Mutter.

Es wollte den schwarzen Schlüssel.

13.

Coralines Eltern schienen keinerlei Erinnerung an die Zeit zu haben, die sie in der Schneekugel verbracht hatten. Zumindest erwähnten sie nie etwas davon und auch Coraline sprach das ihnen gegenüber niemals an.

Manchmal fragte sie sich, ob sie überhaupt bemerkt hatten, dass ihnen in der wirklichen Welt zwei Tage fehlten, und sie kam zu dem Ergebnis, dass ihnen das gar nicht aufgefallen war. Es gibt nun mal Leute, die jeden Tag und jede Stunde ganz genau verfolgen, und es gibt andere, die es damit nicht so genau nehmen. Und Coralines Eltern gehörten eindeutig zur zweiten Kategorie.

Bevor sie in jener ersten Nacht zu Hause in ihrem eigenen Zimmer schlafen gegangen war, hatte Coraline die Murmeln unter ihr Kissen gelegt. Nachdem sie die Hand der anderen Mutter gesehen hatte, ging sie wieder ins Bett, obwohl ihr zum Schlafen nicht mehr viel Zeit bleib, und sie bettete den Kopf auf das Kissen.

Dabei knirschte es leise.

Sie setzte sich auf und hob das Kissen hoch. Die Überreste der Glasmurmeln, die dort lagen, sahen wie die Eierschalen aus, die man im Frühling unter Bäumen finden kann. Wie leere, kaputte Rotkehlcheneier oder sogar noch zarter – vielleicht so wie die Eier eines Zaunkönigs.

Was immer sich in den Glaskugeln befunden haben mochte, war jetzt verschwunden. Coraline dachte an die drei Kinder, die ihr im Mondschein zum Abschied zugewinkt hatten, bevor sie über den silbernen Bach gingen.

Sorgfältig sammelte sie die eierschalendünnen Reste ein und bettete sie in eine kleine blaue Schachtel, in der einmal ein Armband gewesen war, das sie als kleines Mädchen von ihrer Großmutter geschenkt bekommen hatte. Das Armband war schon vor langer Zeit verloren gegangen, aber die Schachtel war geblieben.

Miss Spink und Miss Forcible kehrten von ihrem Besuch bei Miss Spinks Nichte zurück und Coraline ging zum Tee in ihre Wohnung hinunter. Es war ein Montag. Am Mittwoch würde Coraline wieder in die Schule gehen – ein ganz neues Schuljahr begann.

Miss Forcible bestand darauf, aus Coralines Teeblättern zu lesen.

»Also, wie's aussieht, ist alles so weit im Lot und picobello, Herzchen«, sagte Miss Forcible.

»Bitte?«, sagte Coraline.

»Es entwickelt sich alles ganz prächtig«, sagte Miss Forcible. »Also, jedenfalls fast alles. Ich weiß nicht so recht, was *das* da ist.« Sie zeigte auf ein kleines Klümpchen aus Teeblättern, das seitlich an der Tasse klebte.

Miss Spink schnalzte mit der Zunge und griff nach der Tasse. »Also ehrlich, Miriam. Gib mal her. Lass mich nachsehen . . .«

Dann schaute sie blinzelnd durch ihre dicken Brillengläser in die Tasse. »Ach du meine Güte! Nein, ich habe auch keine Ahnung, was das zu bedeuten hat. Es sieht fast wie eine Hand aus.«

Coraline sah sich die Teeblätter an. Das Klümpchen sah tatsächlich wie eine kleine Hand aus, die nach etwas griff.

Hamish, der Terrier, hatte sich unter dem Stuhl von Miss Forcible verkrochen und kam nicht mehr hervor.

»Ich glaube, er war in irgendeine Rauferei verwickelt«, sagte Miss Spink. »An der Seite hat er eine tiefe Wunde, das arme Schätzchen. Nachher gehen wir mit ihm zum Tierarzt. Wenn ich nur wüsste, wie das gekommen ist.«

Und da wusste Coraline, dass etwas geschehen musste.

In dieser letzten Ferienwoche war das Wetter so wunderbar, als wollte der Sommer ihnen zum Ausgleich für das elende Wetter, das er zuvor gebracht hatte, noch ein paar herrlich sonnige Tage bescheren, bevor er zu Ende ging.

Der verrückte alte Herr von oben sprach Coraline an,

als er sie aus der Wohnung von Miss Spink und Miss Forcible kommen sah.

»Hallo! Hey! Du! Caroline!«, rief er übers Treppengeländer.

»Ich heiße Coraline«, sagte sie. »Wie geht's den Mäusen?«

»Etwas hat sie verängstigt«, sagte der alte Herr und kratzte sich seinen Schnurrbart. »Ich glaube, es war vielleicht ein Wiesel im Haus. Irgendwas schleicht hier herum. Ich hab es in der Nacht gehört. In meinem Heimatland hätten wir eine Falle aufgestellt, vielleicht ein Bratenstückchen oder eine Frikadelle hineingelegt, und wenn das Vieh kommt, um ein Festmahl abzuhalten, wäre es – wamm – erwischt und würde uns nicht mehr behelligen. Die Mäuse haben solche Angst, dass sie nicht mal ihre kleinen Musikinstrumente aufnehmen.«

»Ich glaube nicht, dass es hinter Fleisch her ist«, sagte Coraline. Sie langte hoch und berührte den schwarzen Schlüssel, den sie um den Hals trug. Dann ging sie in ihre Wohnung.

Sie nahm ein Bad, und während sie in der Wanne lag, behielt sie den Schlüssel die ganze Zeit um den Hals. Sie nahm ihn nicht mehr ab.

Nachdem sie zu Bett gegangen war, scharrte etwas an ihrem Fenster. Coraline schlief schon fast, aber sie stieg aus dem Bett und zog die Vorhänge auf. Eine weiße

Hand mit blutroten Fingernägeln sprang von der Fensterbank auf eine Regenrinne und war im Nu verschwunden. Außen an der Fensterscheibe waren tiefe Kratzer im Glas.

In der Nacht schlief Coraline unruhig Sie wachte immer wieder auf und dachte nach, grübelte und schmiedete Pläne und dann schlief sie wieder ein. Dabei konnte sie nie ganz sicher sein, wo ihr Grübeln aufhörte und der Traum anfing, und mit einem halben Ohr lauschte sie ständig nach einem Scharren an der Fensterscheibe oder an der Tür zu ihrem Zimmer.

Am Morgen sagte Coraline zu ihrer Mutter: »Ich mache heute ein Picknick mit meinen Puppen. Kannst du mir als Tischtuch ein Laken ausleihen – irgendein altes, das du nicht mehr brauchst?«

»Ich glaube, so was haben wir gar nicht«, sagte ihre Mutter. Sie zog die Küchenschublade auf, in der die Servietten und Tischtücher lagen, und stöberte darin herum. »Warte mal. Würde dir das hier reichen?«

»Das hier« war eine zusammengelegte Papiertischdecke mit rotem Blumenmuster, die von einem Picknick vor mehreren Jahren übrig geblieben war.

»Die ist perfekt«, sagte Coraline.

»Ich hätte nicht gedacht, dass du noch mit Puppen spielst«, sagte Mrs Jones.

»Tu ich auch nicht«, gab Coraline zu. »Das ist bloß Tarnung.«

»Na, sei aber zum Mittagessen wieder da«, sagte ihre Mutter. »Viel Spaß!«

Coraline packte Puppen und einige Puppentässchen aus Plastik in eine Schachtel. Sie füllte einen Krug mit Wasser.

Dann ging sie nach draußen. Sie lief die Straße entlang, als wollte sie zum Einkaufen zu den Geschäften. Aber noch vor dem Supermarkt stieg sie über einen Zaun, lief auf einem Stück Brachland eine alte Auffahrt entlang und kroch dann unter eine Hecke. Sie musste den Weg in zwei Etappen zurücklegen, um aus dem Krug kein Wasser zu verschütten.

Es war ein großer, komplizierter Umweg, bei dem sie Bögen und Haken schlug, aber am Ende war sie sich sicher, dass ihr niemand gefolgt war.

Hinter dem verfallenen Tennisplatz kam sie wieder heraus und überquerte den Platz, zu der Wiese hin, auf der das hohe Gras im Wind schwankte. Am Rand der Wiese suchte sie nach den Brettern. Sie waren erstaunlich schwer – fast zu schwer, als dass ein Mädchen sie hätte heben können, auch wenn es alle seine Kräfte anspannte. Aber sie schaffte es. Ihr blieb keine andere Wahl. Ächzend und schwitzend vor Anstrengung, zerrte sie die Bretter beiseite, immer eins nach dem anderen, und legte ein tiefes, rundes, mit Backsteinen ummauertes Loch im Boden frei. Es roch nach Feuchtigkeit und Finsternis. Die Backsteine hatten eine grünliche Farbe und waren glitschig.

Sie breitete das Tischtuch aus und legte es sorgfältig über den Brunnen. Am Brunnenrand reihte sie im Abstand von etwa dreißig Zentimetern die Puppentassen aus Plastik auf und beschwerte sie mit Wasser aus dem Krug.

Neben jede Tasse setzte sie eine Puppe ins Gras und gab sich große Mühe, damit alles nach einer Puppengesellschaft aussah. Dann zog sie sich zurück, den Weg entlang, den sie gekommen war: unter die Hecke, über die staubige gelbe Auffahrt, hinter den Geschäften vorbei und wieder nach Hause.

Sie langte hoch, nahm den Schlüssel ab, den sie um den Hals trug, und ließ ihn an der Schnur baumeln, als wäre er einfach nur etwas, womit sie gern spielte. Dann klopfte sie bei Miss Spink und Miss Forcible an die Wohnungstür.

Miss Spink machte auf.

»Hallo, Liebes«, sagte sie.

»Ich möchte gar nicht hereinkommen«, sagte Coraline. »Ich wollte mich nur erkundigen, wie es Hamish geht.«

Miss Spink seufzte. »Der Tierarzt sagt, dass Hamish sich tapfer schlägt«, sagte sie. »Zum Glück scheint sich die Wunde nicht entzündet zu haben. Wir können uns nicht vorstellen, woher sie stammen kann. Der Tierarzt glaubt, es war irgendein Tier, aber er hat keine Ahnung, was für eins. Mr Bobo sagt, es könnte vielleicht ein Wiesel gewesen sein kann.«

»Mr Bobo?«

»Der Herr aus dem obersten Stockwerk. Mr Bobo. Ich glaube, er stammt aus einer prächtigen alten Zirkusfamilie. Aus Rumänien oder Slowenien oder Livland oder sonst irgend so ein Land. Du lieber Himmel, ich kann sie mir nicht mal mehr alle merken.«

Bisher war Coraline gar nicht auf den Gedanken gekommen, dass der verrückte alte Herr von oben tatsächlich einen Namen haben könnte. Wenn sie gewusst hätte, dass er Mr Bobo hieß, hätte sie sich keine Gelegenheit entgehen lassen, ihn so anzusprechen. Wie oft bot sich einem schließlich die Chance, einen Namen wie »Mr Bobo« laut auszusprechen?

»Ach so«, sagte Coraline zu Miss Spink. »Mr Bobo. Stimmt ja. Also«, setzte sie etwas lauter hinzu, »ich geh jetzt und spiel mit meinen Puppen. Hinterm Haus, drüben am alten Tennisplatz.«

»Das ist ja schön, Liebes«, sagte Miss Spink. Dann fügte sie in vertraulichem Tonfall noch hinzu: »Sieh aber zu, dass du den alten Brunnen im Auge behältst. Mr Lovat, der vor deiner Zeit hier gewohnt hat, ging davon aus, dass er eine halbe Meile oder noch tiefer reicht.«

Coraline konnte nur hoffen, dass die Hand das Letzte nicht gehört hatte. Sie wechselte das Thema. »Dieser Schlüssel?«, sagte sie laut. »Ach, das ist bloß ein alter Schlüssel aus unserer Wohnung. Er gehört mit zu meinem Spiel. Deshalb trag ich ihn auch hier an dieser Schnur mit mir herum. Also, dann auf Wiedersehen.«

»Was für ein ungewöhnliches Kind«, sagte Miss Spink vor sich hin, als sie die Tür schloss.

Coraline schlenderte über die Wiese zum alten Tennisplatz, dabei ließ sie den schwarzen Schlüssel an seiner Schnur baumeln und schwenkte ihn hin und her.

Mehrmals bildete sie sich ein, im Gestrüpp etwas zu sehen, was die Farbe eines Knochens hatte. Es war etwa zehn Meter entfernt, hielt aber Schritt mit ihr.

Sie versuchte zu pfeifen, brachte aber keinen Ton zu Stande. Deshalb sang sie stattdessen, und zwar ein Lied, das ihr Vater sich für sie ausgedacht hatte, als sie noch ein Baby war. Dieses Lied hatte sie immer zum Lachen gebracht. Es ging so:

»Du bist so süß, ob laut, ob leise.
Ich geb dir frisch gepresste Säfte
Und, wenn du willst, auch Speise-
Eis.

Ich knuddel dich ganz fest und doll
Und geb dir tausend Küsschen,
Stopf dich mit guten Sachen voll,
Aber niemals geb ich dir
Würmer und Käfer mit Schnaps und Bier,
Weder kalt noch heiß.«

Das sang sie also, als sie gemächlich durch das Wäldchen ging, und ihre Stimme zitterte kaum dabei.

Die Tee-Party der Puppen war noch genauso aufgebaut wie zuvor. Coraline war heilfroh, dass es nicht windig war. Alles war an Ort und Stelle, und die wassergefüllten Puppentassen hielten das Papiertischtuch fest, so wie es beabsichtigt war. Sie atmete erleichtert auf.

Jetzt kam der schwerste Teil.

»Hallo, ihr Puppen«, sagte sie munter. »Jetzt wird's Zeit für unseren Tee.«

Sie trat näher an das Papiertischtuch heran. »Ich habe den Glücksschlüssel mitgebracht«, erzählte sie den Puppen. »Damit unser Picknick auch ganz bestimmt schön wird.«

Und dann beugte sie sich vorsichtig vor und legte ganz behutsam den Schlüssel auf das Tischtuch. Die Schnur hatte sie immer noch fest in der Hand. Sie hielt den Atem an und hoffte, dass die Tassen mit dem Wasser rund um den Brunnenrand das Tischtuch festhalten würden, sodass es das Gewicht des Schlüssels aushielt, ohne in den Brunnen hinunterzufallen.

Der Schlüssel lag in der Mitte des Picknicktuchs. Coraline ließ die Schnur los und trat einen Schritt zurück. Jetzt kam alles auf die Hand an.

Sie wandte sich ihren Puppen zu.

»Wer möchte ein Stück Kirschkuchen?«, fragte sie. »Jemima? Pinky? Primel?« Und sie servierte jeder Puppe ein unsichtbares Kuchenstück auf einem unsichtbaren Teller und plauderte dabei fröhlich drauflos.

Aus dem Augenwinkel nahm sie etwas Knochenweißes wahr, das von einem Baumstamm zum nächsten sauste und dabei immer näher kam. Sie zwang sich dazu, nicht hinzusehen.

»Jemima!«, sagte Coraline. »Was bist du doch für ein böses Kind! Du hast deinen Kuchen runtergeschmissen. Jetzt muss ich dir ein neues Stück holen!« Und sie ging um die Puppengesellschaft herum, bis sie sich, von der Hand aus gesehen, auf der anderen Seite davon befand. Sie tat so, als fegte sie heruntergefallenen Kuchen auf, und versorgte Jemima mit einem neuen Stück.

Und dann, in rasender, trappelnder, trippelnder Hast, kam sie angerannt. Die Hand, hoch oben auf den Fingerspitzen, krabbelte durch das hohe Gras auf einen Baumstumpf hinauf. Dort verharrte sie einen Augenblick lang wie ein Krebs, der die Luft schmeckt, und stürzte sich dann mit einem einzigen, triumphierenden Satz mitten auf das Papiertischtuch, dass die Fingernägel nur so klackten.

Für Coraline verlangsamte die Zeit ihr Tempo. Die weißen Finger schlossen sich um den schwarzen Schlüssel . . .

Und dann schleuderten das Gewicht und der Schwung der Hand die Plastiktässchen hoch in die Luft, und das Papiertischtuch und der Schlüssel und die rechte Hand der anderen Mutter stürzten holterdiepolter in die Finsternis des Brunnens hinab.

Langsam zählte Coraline vor sich hin. Erst als sie bei vierzig war, hörte sie von tief unten ein gedämpftes Platschen.

Irgendjemand hatte ihr mal gesagt, dass man, wenn man unten aus einem Schacht zum Himmel emporblickt, selbst mitten am helllichten Tag einen Nachthimmel mit Sternen sieht. Coraline fragte sich, ob die Hand von dort, wo sie war, wohl Sterne sehen konnte.

Sie schleifte die Bretter wieder heran und legte sie über den Brunnen, deckte ihn so sorgfältig zu, wie es nur ging. Niemand sollte dort hineinfallen. Niemand sollte dort je wieder herauskommen.

Dann legte sie ihre Puppen und die Tassen wieder in die Schachtel, in der sie alles hertransportiert hatte. Während sie damit zugange war, wurde sie auf etwas aufmerksam, und sie richtete sich noch rechtzeitig auf, um den schwarzen Kater zu sehen, der mit hocherhobenem Schwanz, die Schwanzspitze zu einem Fragezeichen gebogen, auf sie zukam. In den letzten Tagen, seit sie zusammen aus der Wohnung der anderen Mutter zurückgekehrt waren, hatte sie ihn nicht mehr gesehen.

Der Kater spazierte zu ihr hin und sprang dann auf die Bretter, mit denen der Brunnen zugedeckt war. Dann kniff er langsam ein Auge zu und zwinkerte zu ihr hinüber.

Er sprang in das hohe Gras vor ihr, drehte sich auf den Rücken und begann voller Begeisterung zu zappeln.

Coraline kraulte ihm das weiche Fell auf dem Bauch und der Kater schnurrte zufrieden. Als er genug hatte, wälzte er sich wieder herum und lief in Richtung Tennisplatz davon, ein kleines Fleckchen Mitternacht in der Mittagssonne.

Coraline ging wieder ins Haus.

Auf der Auffahrt wartete Mr Bobo auf sie. Er klopfte ihr auf die Schulter.

»Die Mäuse haben mir gesagt, dass alles wieder gut ist«, sagte er. »Sie sagen, du bist unsere Retterin, Caroline.«

»Ich heiße Coraline, Mr Bobo«, sagte Coraline. »Nicht Caroline. Coraline.«

»Coraline«, sagte Mr Bobo, wiederholte ihren Namen voller Staunen und Respekt. »Sehr schön, Coraline. Die Mäuse haben gesagt, ich soll dir ausrichten, dass du sie als allererste Zuschauerin zu sehen bekommst, wenn sie so weit sind, in der Öffentlichkeit aufzutreten. Dann sollst du heraufkommen und sie werden *humba-wumba* spielen und *didel-düdel* und sie werden tanzen und tausend Kunststücke vorführen. Das haben sie jedenfalls gesagt.«

»Ich komme sehr gern«, sagte Coraline. »Wenn sie so weit sind.«

Sie klopfte bei Miss Spink und Miss Forcible an die

Tür. Miss Spink ließ sie herein und Coraline ging in den Salon. Dort stellte sie die Schachtel mit den Puppen auf dem Boden ab. Dann griff sie in die Tasche und holte den Stein mit dem Loch in der Mitte hervor.

»Hier haben Sie«, sagte sie. »Ich brauche ihn nicht mehr. Ich bin Ihnen sehr dankbar dafür. Ich glaube, er hat mir das Leben gerettet, und einigen anderen hat er den Tod gerettet.«

Sie drückte sie beide ganz fest, obwohl ihre Arme kaum um Miss Spink herumreichten und Miss Forcible nach dem Knoblauch roch, den sie gerade gehackt hatte. Dann hob Coraline die Schachtel wieder auf und ging hinaus.

»Was für ein ungewöhnliches Kind«, sagte Miss Spink. Seit sie sich von der Bühne zurückgezogen hatte, war sie von niemandem mehr so umarmt worden.

Am Abend lag Coraline im Bett, frisch gebadet und mit geputzten Zähnen. Sie hatte die Augen offen und starrte zur Decke empor.

Es war so warm, dass sie jetzt, nachdem die Hand weg war, das Fenster weit geöffnet hatte. Ihrem Vater gegenüber hatte sie darauf bestanden, dass der Vorhang nicht ganz zugezogen wurde.

Ihre neue Schulkleidung war sorgfältig über ihren Stuhl gebreitet, damit sie gleich bereitlag, wenn sie aufwachte.

Normalerweise war Coraline in der Nacht vor einem neuen Schuljahr nervös und ängstlich. Aber jetzt konnte die Schule sie nicht mehr schrecken.

Sie bildete sich ein, in der Nachtluft liebliche Musik zu hören – so eine Musik, die nur mit den allerkleinsten Silberposaunen und -trompeten und -fagotten entsteht, mit so zarten kleinen Pikkoloflöten und Tuben, dass nur die winzigen rosa Fingerchen von weißen Mäusen darauf spielen können.

Coraline stellte sich vor, dass sie wieder mit den beiden Mädchen und dem Jungen in ihrem Traum unter der Eiche auf der Wiese war, und sie lächelte.

Als die ersten Sterne am Himmel erschienen, ließ Coraline sich schließlich in den Schlaf hinübergleiten, während sich von oben die sanfte Musik des Mäusezirkus in die warme Abendluft ergoss und aller Welt verkündete, dass der Sommer fast vorüber war.